I0533620

www.ingramcontent.com/pod-product-compliance
Lightning Source LLC
Chambersburg PA
CBHW071946170626
46813CB00005B/1847
9791097142148

الحب المستحيل

موسى ولد أبنو

الحب المستحيل

رواية

ديوان للنشر
نواكشوط

ISBN 979-10-97142-14-8
90000
9 791097 142148

فهرست

1

"أسطورة الأم"

كان ينتظر منذ ساعتين؛ لحظة تكاد تكون مستحيلة الإدراك في أبدية الزمن السحيق، لكنه انتظار طويل في نفس الأب الذي ينتظر بفارغ الصبر مولوده الأول.. كل الوسائل التي يستخدمها مركز التكاثر من أجل تهدئة الحرقة وتلهف الآباء للأبناء لم تفلح في تهدئة أعصابه الهائجة، على الرغم من أنها صممت على أساس معرفة دقيقة بنفسية الآباء، فهي تمثل نوعا من الولادة بدون مخاض أو بدون ألم لصالح الآباء..

كان جالسا على أريكة متحركة تدور به من ركن لآخر في قاعة الانتظار، لكيلا يتعبه اللف والدوران؛ ذلك أن رأفة الأب الحنون تجعله في اضطراب ودوران حتى يرى المولود النور.. في بداية الانتظار قدم

له الأندرويد المضيف سيجارة صنعت خصيصا لهذا النوع من المناسبات، تتولد من رمادها، كطائر الفنيق، كلما أشعلت انخفضت فيها نسبة القطران والنيكوتين، دون أن ينقص ذلك من نكهة التبغ، ما يمكن الأب أن إشباع رغبته دون أن يتضرر بمخلفات التدخين..

كان يدخن سيجارته الأبدية ويدور جيئة وذهابا على أريكته المتحركة، فيما كانت مقاطع الفيديو تتعاقب على شاشات نظاراته، تشرح كيفية التعامل مع المواليد الجدد... خطرت بباله ابتسامة الأندرويد الذي واكبه منذ قدومه: «الابتسامة ألفة ورحمة وحنان، إنها وسيلة الجسم الآخر للتقبل والإغراء.. لكن ابتسامته هو تزيده غرابة وتعيد العاطفة والرغبة في الجسم الآخر إلى أصلهما المِيتابَشَرى: تبدأ بارتخاء الشفتين وما تلبث حتى تشمل صفحة الوجه كلها، مسفرة عن ثغر صاف منحوت، ينبعث من أعماق حنجرته نفَس ورنين عجيب، كأنه الصياح المقدس الذي يطلقه رجال أَرْكَاديَا في مسابقات الجمال...» رجع انتباهه إلى المشاهد المتدفقة عبر شاشات نظاراته وعاد لواقعه كأب ينتظر بفارغ الصبر مولوده.. تذكر ظروف الولادة في الزمن الغابر، كما تحكيها "أسطورة الأم" التي تُحمّل في ذاكرة كل رجل عند ولادته:

«كانت الأم في يومها الثاني من آلام الولادة.. عند كل طلق تتأكد أن الفرج قريب، وأن المولود سيقبل أخيرا القدوم إلى هذا العالم والخروج من بطنها المنتفخ.. كانت تحسه يتحرك، حتى إنه يخيل إليها أنه يلعب.. كانت متأكدة أن وقت ميلاده قد حان، لكنها لم تكن تفهم لماذا يؤجل قدومه كل مرة.. النسوة يفسرن ذلك كل حسب تجربتها ووجهة نظرها: "مولودك

لا يريد القدوم لأنك اشتهيت شيئا ولم تحصلي عليه، صارحينا برغبتك!" لم تكن تجيب على أسئلتهن ولم يكن يصدر عنها إلا الصياح والصرخات من آلام الطلق.. مع البحث عن سبب تأخر الولادة عثرت إحداهن على اللغز، قالت: "نعم، أعرف ما تشتهيه! مر بنا يوما حاج وصف لنا غروبا للشمس رائعا، شاهده من فوق جبل سيناء.. ومدة حملها كانت دائما تشتهي أن ترى هذا المنظر العجيب!" الطفل الذي كان سيولد من حين لآخر، لما سمع الخبر، قرر أن يؤجل موعد ولادته حتى يعاين المشهد من داخل بطن أمه، فوق جبل سيناء.. "حقا، اعترفت الأم، أتذكر بدقة حكاية ذلك الحاج. وما زلت أشتهي أن أرى ذلك المشهد الأخاذ!" تصارخت النسوة: "الله في عوننا! ما أبعد مصر! إذا لم تلد الأم بعد ست ساعات فسيموت الجنين بدون شك!" أُرسل على جناح السرعة إلى مكتب الشعب المصري بحثا عن التأشيرة.. حُصل عليها بسرعة بفضل عون القنصل الذي كانت أمه قابلة؛ لكن بقي الأصعب وهو تنظيم رحلة طويلة في هذا الوقت الوجيز.. استشاروا وكيل السفريات.. جاء جوابه سريعا ونهائيا: "شركة طيران عال-مصر وحدها هي التي يمكن أن تنظم رحلة كهذه.. عال-مصر هي شركة الطيران التي اندمجت فيها شركتا الخطوط الجوية المصرية وإل عال بعد شرائهما من ظرف الملياردير الأمريكي سَامْ تَرْنيرْ.. هكذا استؤجرت طائرة من عال-مصر وأقلعت عند الساعة الرابعة وخمس وعشرين دقيقة..

«أثناء تحليق الطائرة، قبيل حل الأحزمة والاستواء في الجو، خرج من مؤخرة الطائرة رجل قصير القامة، كث اللحية، عظيم الهامة، شديد الدمامة، كان يسمك بين يديه كتابا يدعي أنه يدس فيه مسدسا، كما في أفلام اسْبَاڤيتي وَسْتَرْن.. من أين جاء هذا الرجل؟ ربما جاء من مخزن

الأمتعة، قد يكون اندس فيه قبل إقلاع الطائرة.. لا يهم! إنه هنا، ككتابه وكالمسدس في كتابه! "حذار! ــ قال الملتحي العظيم الهامة ــ هذا اختطاف! لا يتحرك أحد! هذا مطلبي: أريد أن أحل محل القابلة! أعطيكم فرصة ساعة زمنية، وإن رفضتم فسأفجر الطائرة!" لبث الركاب ساعة في صخب وتشاجر، والملتحي العظيم الهامة يردهم إلى الصواب في كل لحظة، مهددا بمسدسه المخبأ في كتابه: "اسكتوا! قرروا بسرعة قبل نفاد صبري!"

»بعد ساعة قرروا أن ينصاعوا للملتحي العظيم الهامة.. وبفضل فارق التوقيت هبطت الطائرة على جبل سيناء ربع ساعة قبل غروب الشمس.. حظي الطفل وأمه بأروع مشهد غروب شمس في العالم.. وولد الطفل بمساعدة الملتحي العظيم الهامة، مباشرة بعد غروب الشمس في رمال الصحراء.. «

2

آدم

لم يعد الأطفال اليوم يحتاجون لأم ولا أب كي يولدوا، فتكاثر الجنس البشري أصبح موكولا إلى التقنيات الحديثة.. تغير التناسل البشري تغيرا جذريا بموجب التحولات المذهلة التي قلبت رأسا على عقب طرق التكاثر البشري ووسائله.. بعد ما جاءت الاكتشافات التي مكنت من تحديد جنس الجنين البشري مكملة وسائل التخصيب الأنبوبي، أصبح بإمكان كل شخص أن ينتقي جنس مولوده.. كان الناس يلجؤون للتخصيب الأنبوبي ليختاروا جنس الأطفال.. وبما أن أكثر الأزواج كانوا يفضلون الذكران، ظهر خلل في التوازن بين الذكور والإناث..

احتجت النساء على هذه الوضعية التي أصبحت تهدد الجنس الآخر.. طالبن بتقسيم عادل للأجنة المحضرة للزرع بين الجنسين.. تحولت حركة تحرير المرأة إلى حركة دفاع عن التخصيب الأنثوي..

كان رسم الانتساب لمنظمات الدفاع عن التخصيب الأنثوي يتمثل في الذهاب إلى مراكز التخصيب الأنبوبي وزراعة جنين أنثوي في رحم المنتسبة، مما جعل كل المنتسبات حوامل.

بعد سنوات معدودة من التعبئة لصالح الأنوثة، انقلب التوازن القديم وأصبح عنصر الذكور مهددا.. نظم الرجال بدورهم ردهم؛ قرروا استئجار أرحام الأمهات: في تلك الفترة كان يمكن العثور بسهولة على خائنات للقضية النسوية مستعدات لتقبل الجنين الذكر حتى ولادته.. هكذا تمكن الرجال من تكوين شبكة من المستأجرات لأرحامهن.. شكلت النساء وحدات استخباراتية من أجل فضح كل من خانت قضيتهن؛ عندما يكتشفن خيانة يقمن بإجهاض الخائنة وتعقيمها.. وكلما أجهضن مستأجرة يقوم الرجال بإجهاض وتعقيم مماثل.. هكذا تحول صراع الجنسين إلى حرب أهلية مدمرة..

بعد فترة طويلة ومن أجل إنهاء هذه الحرب القاتلة، قام الرجال والنساء بإعادة تنظيم علاقات الجنسين ووضعوا قواعد جديدة للإنجاب.. أعيد توازن الجنسين وأعلنت حقوق الرجل والمرأة وألغيت الأسرة.. حُرم اختلاط الجنسين ووضعت ضوابط جديدة تحدد طرق تعايش الرجال والنساء في مجتمعين منفصلين، لكل حقوقه وواجباته.. عهد بإنجاب

الذكور للرجال والإناث للنساء، لكل من الجنسين حصته السنوية من الولادات، على أن يتم تشكيل فرق مختلطة تشرف على مراكز الإنجاب.. واستحدث إطار لخدمة مختلطة من أجل الحفاظ على تماسك المجتمعين وضمان السلام.. أصبح لزاما على كل رجل أو امرأة في سن البلوغ الانخراط مدة سنتين في مجموعات مختلطة من المجندين لتالك الخدمة.. تقوم الخدمة المختلطة على الاشتراك في الحياة الجنسية والتسلية والعمل مع المجندين من الجنس الآخر.. الذين يرفضون هذه الحياة الجنسية المختلطة يمثلون أمام المحاكم ويحكم عليهم بعقوبات قاسية..

بدأ النساء يرجعن إلى نظام الأُوسْتْرُوسْ نتيجة فصلهن عن الرجال.. تغيرات حياتهن اليومية وتلازمت فترة الوِداق مع فترة الخدمة المختلطة.. أول مظاهر الرجوع إلى نظام الأُوسْتْرُوسْ كان انقطاع الإباضة عن بعض النساء.. ثم عمت هذه الظاهرة لتشمل كل النساء؛ لم تعد تستأنف الإباضة إلا في فترة الخدمة المختلطة، مع الاتصال بالرجال.. حاولن تصحيح هذه الوضعية بفتح دور للإباضة.. كان يجب على المترشحات للإباضة أن يسجلن أنفسهن في تلك الدور شهرا قبل الموعد.. يبدأ تدريب الإباضة بتحضير دقيق هرموني وسيكولوجي ولا يشترك فيه إلا النساء المعدات للحمل، على أن يتم تخصيب البويضة بنفسها والاستغناء عن الحيوان المنوي للذكر.. ذلك هو التخصيب الذاتي الأنثوي الذي يمكن المرأة من إنجاب طفلة تكون استنساخا لها..

يبدأ تدريب الإباضة في أول ليلة من الدورة القمرية.. وتخضع النساء للمعالجة بهرمونات خنثوية طوال فترة التدريب التي تواكب

الدورة القمرية.. على المدربات القدوم كل مساء لحضور رقصات يشهدها جمهور من النساء الحوامل ويشرف عليها أعضاء من دور الإباضة متنكرات في زي رجال.. تقوم تلك الرقصات على محاكاة وضعية جسم الرجل والمرأة في حالة الاتصال الجنسي وبطريقة تمكن المتدربات من التعرف عليها.. تصدر عن النساء الحوامل – اللواتي يكوّن دائرة حول الراقصات دون أن يشاركن في الرقص – صرخات تحاكي مراحل الشبق.. عندما تنهي الرقصات ينفردن أزواجا ليقضين الليل كله معا.. قبل الاضطجاع تقول كل متدربة لزوجها المتنكرة في زي الرجال: "أريد أن أكون امرأة الرجل!" وتأخذها هذه كما كان يأخذ الرجل امرأته.. قبل الصباح تستيقظ المتدربات ويرين رفيقاتهن وقد خلعن ملابس التنكر ورجعن إلى الزي النسوي.. يلقين زي الرجال المخلوع في النار، ويعدن للمركز للتأكد من بدء الإباضة، ثم يتم التخصيب..

لم يتغير إنتاج المني عند الرجال ولا إفرازهم الهرموني.. لم يؤدي الفصل بين الجنسين إلى أي تغيير في طبيعتهم الجنسية والتناسلية.. العقبة الأساسية التي كانت يجب على الرجال الذين يريدون الإنجاب تخطيها هي وجود رحم اصطناعي شاغر.. إذا كان الرجال والنساء متساوين في نسب الإنجاب، فللنساء غبن يتمثل في قدرتهن على الحمل.. أما حمل الرجال فهو غير مضمون؛ الأمر الذي جعلهم يضطرون لاستئجار الأرحام الاصطناعية.. غير أن هذه كانت تتوفر بكميات محدودة، لأن صناعتها كانت تخضع لنسبة الإنجاب السنوي المخول للرجال.. كان يجب على الرجل الذي يريد الإنجاب أن ينتظر طويلا أو يجازف بالحمل.. انتظر الأب أربع سنوات قبل أن يتمكن من الحصول على رحم اصطناعي..

ها هو يجد نفسه اليوم منتظرا ولادة أبنه بتلهف.. كان لا يزال يدخن سيجارته الأبدية فوق أريكته المتحركة، من ركن لآخر في قاعة الانتظار، والأندرويد لم يظهر بعد.. ثم جاء بابتسامته الأَرْكَادِيَّة وقال:

- اتبعني، سأقودك إلى ابنك!

قفز الأب من فوق أريكته المتحركة دون أن يوقفها وخرج خلف الأندرويد، الذي بدا متجاهلا لهفته.. كان رجل مشتعلا شيبا ينتظرهما في قاعة الولادات.. ساعد الأب في إخراج ابنه من الرحم الاصطناعي وقطع سرته وغسله بماء استحمامه الأول..

- الآن، قال الرجل المشتعل شيبا، يمكنك تسمية ابنك وإذا كنت لم تختر بعد اسما، فلدينا بنك للأسماء يمكنك اختياره من بينها..
- لم اختر بعد!

قاده إلى قاعة الأسماء..

- عليك أن تدخل في الحاسوب اسمك وتاريخ ميلاد ابنك ورقما أيا كان..

أعطى الأب اسمه وتاريخ ميلاد ابنه واختار الرقم سبعة، ثم ضغط على الزر المناسب.. أظلمت شاشة الحاسوب.. بقي وقتا طويلا بدون جواب، كما لو أن المعطيات أربكته.. ثم ظهر على الشاشة اسم من ثلاثة أحرف: آدم..

ليس الخروج من الرحم كل شيء.. كان لزاما على آدم أن يصير رجلا.. يضطلع الآخرون بحثه على ذلك وتذكيره دائما، لا بما يحب أن

16

يكون ولكن بما يجب أن يكون: "كن رجلا!" كان الرجال يكررونها دائما لآدم.. في البداية لم يفهم ما يريدون.. ثم قرر أن يختار الحل الأسهل: «أن أكون رجلا يعني أن أفعل مثل الآخرين».. تعود على اعتبار شخصيته نتيجة للتفاعل مع الآخرين وحاول أن لا يأخذها مأخذ الجد..

تتحدد هوية الرجال بالتميز عن النساء.. كان كل من الجنسين يعمل جاهدا على إبراز خصوصيته من أجل إثبات ذاته.. من أجل تجنب الاختلاط عمل الرجال والنساء على تنمية خصوصيات كل من الجنسين.. تتغذى النساء خصيصا بمواد مخلوطة بالهرمونات الأنثوية، وذلك من أجل إبراز أنوثتهن.. أما الرجال فكانوا يتغذون بمواد مخلوطة بالهرمونات الذكرية.. لكن هذا التفاني في إبراز خصوصيات كل جنس زاد من جاذبية الجنسين فيما بينهما، مما جعل الفصل بينهما أكثر صعوبة.. لكن، وبما أن التقنية أوكلت إليها مهمة التكاثر البشري، أصبح الجنس عملية فارغة.. فبفقدان دافعه الأول، الذي هو التكاثر، صار الجنس منحرفا، أصبح خدعة، وشذوذا وزيغا، حتى ولو كان البعض يحاولون إبدال فطرة التكاثر بأخلاقيات اللذة.. بما أن الجنس صار وظيفة بلا هدف، أصبحت اللذة مسألة تربية.. أسس كل من الرجال والنساء مخيالا جديدا للذة يستبعد الجنس الآخر.. وفي كل من المجتمعين أصبح التغزل بالجنس الآخر محظورا.. أعيد النظر في الشبق والخلاعة: لم يعد تبرج الرجال مثيرا إلا لغلمة الرجال.. كما لم يعد جسد المرأة يثير إلا غلمة النساء؛ فأصبحت النرجسية الجنسية واللذة الفطرية تشبعان من هذا المخيال الجنسي الموجه..

17

هذه الفوارق لم تغير التكامل القديم بين الجنسين.. هذا التكامل هو الذي أرغم الجنسين على تنظيم تعايشهما لضمان المصلحة المشتركة.. إن تعايش الجنسين مشروط بوجود لغة مشتركة، لكن كل جنس كان يطور لغته في اتجاه خاص يختلف من جنس لآخر.. هكذا اختفى الاسم المذكر تدريجيا من لغة النساء، كما اختفت نون النسوة وتاء التأنيث من لغة الرجال.. وللحفاظ على تفاهم الجنسين، دأبا على تنظيم مسابقات للخطابة يفوز بجوائزها من تذوق خطابه أكثر عدد من الجنس الآخر.. لكن المؤسسة الأهم في تعايش الجنسين كانت الخدمة المختلطة..

3

مَانِكي

كانت مَانِكي مضطربة هذه الليلة لأنها ربما قد تعيش لأول مرة في حياتها بين أفراد مجموعة مختلطة.. لقد تلقت هذا الصباح استدعاءها من أجل امتحان الكفاءة، تمهيدا للخدمة المختلطة.. «لا داعي للقلق!» هكذا كانت تطمئن نفسها.. كانت تعلم أن فرصها في النجاح قليلة.. يمثل الرجال بالنسبة لها الوجه الآخر للبشرية.. كانوا يثيرون فضولها، لكنها لم تربطهم بحياتها، لم تعرفهم حتى الآن إلا من وراء بزاتهم المضادة للأشعة، عندما كانت تأتي لصيانة برامج تسيير المحطات النووية.. الانطباع الذي احتفظت به هو أن الرجال كائنات بعيدة المنال، ليست لهم عاطفة، وأن النساء كن على صواب عندما اخترن القطيعة... في النهاية نامت مستغرقة في تأملاتها. غدا في الصباح الباكر يجب أن تذهب إلى مركز امتحان الكفاءة. كان أصعب اختبارات الخدمة المختلطة يتمثل في

19

تسلق جسم فولاذي منحوت على شكل عضو ذكر.. لما وصلت إلى قاعدة التمثال تقدم إليها حارسان، ضرباها بالسياط وأمراها بخلع ثيابها وبالتسلق.. حاولت الصعود، لكن رجليها ويديها لا تحيطان بالجسم الأملس، الغليظ، المزلق.. حاولت الصعود مستعينة برجليها ويديها.. كلما حاولت الصعود انزلقت... هبت من نومها تتصبب عرقا، كان كابوسا مرعبا...

في الصباح وصلت مَانِكي إلى مركز امتحان الكفاءة، بناية عالية على شكل فندق.. البوابات تفتح ببطاقة ممغنطة حصلت عليها مع رسالة استدعائها.. توجهت نحو باب ممر طويل بين جدران مغطاة بالمرايا، عكست لها صورا كثيرة.. لم تلق حتى الآن إلا برودة الزجاج والفولاذ، لم تسمع أي صوت، ولم تر أي كائن بشري.. عند نهاية الممر أخذت المصعد.. صارت دقات قلبها تتسارع مع الصعود.. توقف المصعد وانفتح على ممشى يؤدي إلى باب واحد يحمل الرقم نفسه المدون على بطاقتها.. توجهت نحو الباب، أدخلت بطاقتها، انفتح الباب ودخلت ثم انغلق من ورائها..

كان آدم مفتونا بالنساء.. كان يرجع فوارقهن الفيزيولوجية مع الرجال إلى العواقب التي نتجت عن أول كارثة نووية.. قبل تلك الكارثة، لم تكن البشرية مكونة إلا من الرجال، لكن بعد تعرض بعض هؤلاء الرجال إلى إشعاعات نووية حدثت سلسلة من التحولات الوراثية حولت أولئك الرجال نساء.. كان ينتظر بفارغ الصبر استدعاءه للخدمة المختلطة واليوم فيما كان متوجها إلى مركز امتحان الكفاءة، كان مهموما، متيبس

20

الحلق، ندي اليدين، كما لو كان يتجه إلى قدر مجهول.. عندما فتح الباب الذي يحمل الرقم المدون على بطاقة دعوته رأى تلك المرأة التي لم يميز ملامح وجهها في نور الغرفة الخافت.. عندما انغلق الباب وراءه بقي متسمرا في مكانه، حذرا، كما لو كان يواجه خطرا.. لم يحضّر قدومه، لكنه كان يعلم أنه جيد عند الارتجال؛ لن يقبل لنفسه إعداد مغازلته ما لم يتعرف على المرأة التي سيجدها أمامه.. ثم إنه يجب أن يكون المرء فنانا، يجب أن يكون إعلان حبه مناسبا لرفيقته كفستانها المسائي، حتى ولو كان ذلك منافيا لقواعد الخدمة المختلطة..

لقد طالع في صفحات ملف الاستدعاء بعض الغزليات المعلبة، ما بين رقيقة ومتوقدة ورومانسية، لكنه يراها كلها سخيفة، مثيرة للضحك؛ في الوقت الذي أسر في نفسه حسدا للنساء اللواتي لا يطلب منهن إلا الجواب بالصمت أو بنظرة موافقة.. كل النماذج المقترحة كانت مصوغة بأسلوب المجاز، تصف النساء في صور مأخوذة من الطبيعة، كما لو أن تلك الصور هي وحدها التي تناسب التغزل بالنساء.. قد يكون للنساء حس مرهف بالطبيعة.. يتمنين أن يكنّ زهورا، كواكب، نهارا، ليلا، حياة أو موتا.. قد يفسر هذا الميول بالحنين إلى الطبيعة التي انقرضت..

بالأمس كان قد ذهب لمشاهدة أحد المعارض الخاصة برسوم مظاهر الطبيعة، التي حلت محل الحدائق العامة المنقرضة، يزورها الناس بحثا عن مشاهد الطبيعة المفقودة.. كانت تلك المرة الأولى التي يزور فيها مكانا كهذا.. باستحضار الطبيعة، كان يبحث عن المرأة، ينظر

21

إلى لوحات المظاهر الطبيعية كما لو أنها تمثل صورا مختلفة للمرأة التي سيكتشفها.. ثمة لوحة أثارت اهتمامه بصورة خاصة، غابة من جوز الهند على شاطئ، ومن بين الجوز انفردت شجرة عرت جذورها الأمواج.. كانت تميل جهة البحر، مرتسمة في السماء.. حضرت ذهنه هذه اللوحة أمام هذه المرأة التي ترغمه قوانين الخدمة المختلطة على مغازلتها:

- أنتِ كشجرة جوز على الشاطئ عرت جذورها الأمواج واستجابت لنداء البحر، مرتسمة في السماء، فصارت أجمل باقة ورد!

رمشت عينا مَانِكي بوتيرة متسارعة.. صار الليل والنهار يتعاقبان ما بين ارتفاع الجفون وانخفاضها.. لقد أربكتها هذه المغازلة.. لم تكن من بين تلك التي اطلعت عليها في ملف الاستدعاء والتي حفظتها عن ظهر قلب.. لكنها كانت مغازلة جميلة، أجمل من كل تلك التي طالعتها.. سرت بسماعها.. لاحظ ترميش عينيها، بدت متأثرة.. «لعلي استعملت بعض العبارات الجارحة».. ما من شك أن تلك النظرات تعبير عن هروب أمام قدر محتوم.. تقدم وجلس بجانبها.. في البداية كان كل منهما يحدق في الآخر، ينظر إليه بحذر، وكل حواسه يقظة.. كل ينظر إلى الآخر كما لو كان خائفا.. ثم بدأت مَانِكي تحول نظرها عنه ولا تعيده إلا في خجل.. عفويا قرر كل منهما القفز لتحسس جسد الآخر.. بدءا يتلامسان، كل يضع يده على موضع من جسد الآخر، ثم ينزعها بسرعة، كما لو كان يخشى أن يتفسخ جلد الآخر ويلتصق بيده.. بعد لحظات زال التوجس وأمنا الالتصاق.. لم تعد الأيدي تكفي وحدها، كان كل جسم يتشبث بالآخر...

22

كانت مَانِكي مستلقية في حوض الحمام، ثانية ركبتيها، تنظر إلى فخذيها البيضاوين الناعمتين.. ثم بدأت تفرج قليلا بينهما وتلصقهما في بطء وأناة.. عندما تفرج بينهما، يتحول الماء إلى قطرات تغطي كل مساحة تماس الفخذين.. وعندما تقارب بينهما تلتقي القطرات وتتشابك في خيوط مائية تتضافر وتتفكك على وتيرة التباعد والتماس: «هل تكون روابط الحب واهية مثل هذه الخيوط؟».. لم تكن تحيط بأبعاد التجربة التي عاشتها؛ كل ما تعلم هو أنها أدت طقوسا غريبة، لكنها إلزامية.. كانت تود لو تنتهي التجربة هنا، وتنجو من الخدمة المختلطة.. ربما كانت هذه التجربة مثيرة للفضول، لكن لها بعدا غريبا يخيف مَانِكي.. ممتحنو الكفاءة للخدمة المختلطة هم الذين سيحددون نتيجة هذه التجربة.. بعد قليل ستذهب مع آدم إلى البناية في الجانب الآخر من الشارع لمعرفة النتيجة النهائية..

بعد انتهائها من تسوية ملابسها وتصفيف شعرها، ذهبت لتجلس قرب آدم.. اقتربت منه طابعة قبلة على خده، قريبا من فمه.. عندما رفعت شفتيها لاحظ آدم في اندهاش أن خده لايزال متصلا بشفتي مَانِكي بواسطة رعابيل من جلد خده وجلد شفتي مَانِكي، خيوط من الجلد وأحمر الشفاه.. الرعابيل كانت متباينة الحجوم، لونها لون البشرة التي تخترقها أشعة الضوء في ظلام دامس.. عندما ابتسمت، انشطرت الأشلاء المتدلية من حافة ثغرها اليسرى، مخلفة رعابيلا تشبثت بها الأسنان التي ظهر بعضها..

أصبحت عينا آدم مجهرين.. لم يعد يرى الفضاء بين جدران الغرفة ولا السرير، الذي كانت مَانِكي تجلس عليه الآن، ولا قوام جسمها، ولا تقاسيم وجهها.. لم يكن يرى إلا الأشلاء بين شفاه مَانِكي وخده، الذي اختلطت معه في ضباب وردي.. هب فجأة محاولا كسر ذلك النسيج العنكبوتي المرعب.. أحدثت حركته تمزقات عديدة في الرعابيل الرقيقة التي تشققت، لكن بعضها صمد..

- لنخرج! قالها بنفاد صبر، كالمنخنق..

عندما وصل عبة الباب سقط بكل ثقله، ثم وقف، لكنه تعثر عند الخطوة الأولى وسقط من جديد.. فزعت مَانِكي، صاحت:

- ما بك؟ ماذا جرى لك؟ هل أنت بخير؟

لم يصدر عنه أي جواب.. ذُعرت.. كانت تخشى أن يموت الرجل، تخشى أن تتهم بتسميمه... ساعدته في دخول المصعد، كان يتشبث بها لئلا يسقط.. لقد فقد الإلمام بالأشياء وبالمكان وبالجاذبية، كل حواسه كانت مركزة على الرعابيل التي احتلت مجال إحساسه..

في الشارع، وبينما كانا ينتظران على الرصيف قبل الاجتياز، سقط آدم من بين يديها أمام سيارة كانت مسرعة، كبح السائق مُزَمِّرا وتوقفت السيارة محدثة أزيزا مدويا.. رجعت حواس آدم إلى الصواب بفضل الصدمة والصخب الذي رافقها.. رأى السيارات الأخرى، والبنايات من حوله.. عاد حسه إلى مجاله الطبيعي.. لم تعد هناك رعابيل، على الأقل لم يعد يراها، لكنه كان متأكدا من أن النسيج ما زال متماسكا، حتى ولو غاب عن البصر.. تيقن من أن الأجسام ليست

24

منفصلة، كما تفصل الأشياء بالقدوم، وأن خيوطا خفية تشد بعضها إلى البعض، وأن الإنسانية وحدة خلاياها الأجسام، وأن الرعابيل ليست إلا خيوطا من نسيج هذه الشبكة الخفية التي تربط ما بين أجسام البشر.. لاحظت مَانِكي بارتياح خروج آدم من الوعكة ولم تعد تهتم إلا بنتائج امتحان الكفاءة للخدمة المختلطة..

كان بانتظارهما شخص عند مدخل البناية.. ملامحه ملتبسة، يجمع بين شكل الرجل وشكل المرأة، أحد أولئك الرجال أو إحدى تلك النساء ممن عمل في الخدمة المخلطة حتى جمع خصائص الرجال والنساء..

- أنا خُنَاثَة، سنرى ما إذا كان لقاؤكما الأول مر بسلام!

لم تكن مَانِكي ترفع عينيها عن خُنَاثَة، لم تر من قبل انسجاما بهذا التمام بين صفات متضادة: قصره وسمنه يعطيانه شكلا كاد يكون كرويا؛ يداه الناعمتان، الدقيقتان، لهما نعومة يدى المرأة، لكن فيهما أيضا خشونة الرجولة وقوتها.. تدحرجه يعكس كروية جسمه.. كان يبدو شديد القوة، متماسك البنية.. أخذ بطاقتي استدعاء آدم ومَانِكي وطلب منهما أن يتبعاه.. أدخلهما في غرفة ضيقة تبدو كما لو أنها مخصصة لمشاهدة أفلام الفيديو، بها مكبرات صوت كثيرة مثبته في الجدران.. ضغط على زر القراءة في أحد أجهزة الفيديو.. ظهرت صورة مَانِكي على الشاشة وهي وحدها في غرفة: كانت صامتة.. بدت مضطربة، قلقة.. تنفسها منتظم، تنبعث منه نسمة حياة رصدها التسجيل الدقيق؛ يتحرك مؤشر الصوت على وتيرته؛ أحيانا يتسارع إيقاع التنفس وتزداد كمية الهواء المتدفق في الرئتين،

مرورا بالمنخرين ثم يقذف الهواء بسرعة كما لو كان النفَس يضيق.. عندئذ يتحرك مؤشر الصوت حتى يبلغ المساحة الحمراء في آخر مجاله..

طرأ صوت على مجال التسجيل طغى على صوت تنفس مَانِكي: كان الباب يفتح.. دخل آدم وانغلق الباب من ورائه.. رجع صوت نفس مَانِكي إلى وتيرة أعلى، صوت تنفس آدم أسرع منه، مما زاد من ارتفاع مؤشر الصوت عدة درجات.. كان خُنَاثَة جالسا وراء مَانِكي يشاهد بتمعن وإنصات.. انفرجت شفتا آدم وخرج من فمه كلام ضخمته مكبرات الصوت: "أنت كشجرة جوز على الشاطئ عرت جذورها الأمواج واستجابت لنداء البحر، مرتسمة في السماء، فصارت أجمل باقة ورد!".. من جديد صارت الأنفاس تتخلل مكبرات الصوت.. توجه آدم إلى المكان الذي كانت مَانِكي جالسة فيه ليجلس إلى جنبها.. كل منهما لا يرفع نظره عن الآخر.. ثم بدأ كل منهما ينظر إلى الآخر ويرفع النظر، بدا كل منهما يتحاشى نظر الآخر؛ مَانِكي تحول نظرها عنه ولا تعيده إلا في خجل.. بدءا يتلامسان، كل يضع يده على موضع من جسد الآخر، ثم ينزعها بسرعة، كما لو كان يخشى أن يتفسخ جلد الآخر ويلتصق بيده.. بعد لحظات زال التوجس وأمنا الالتصاق.. لم تعد الأيدي تكفي وحدها، كان كل جسم يتشبث بالآخر... تسارعت الأنفاس مع تلاصق الجسمين اللذين تشابكا لينصهرا معا! الآن تحولت الأنفاس إلى حشرجات وصرخات ذعر، حشرجات وصرخات يمكن أن تعبر عن لذة أو عن ألم كائنين يجهدان من أجل أن يتحدا ليشفيا الطبيعة البشرية.. كانت مَانِكي مندهشة أمام هذا الصراخ العجيب الذي كانت تسمعه لأول مرة.. لم تتعرف على صوتها ولا على صوت آدم.. لكن الذي ذعرها حقا هو تغير وجهها هي كما ظهر على الشاشة.. مع هذا الصراخ، كان يخرج من صدرها صدى

موغل في القدم، كالموت؛ رغم أن وجهها على الشاشة يعبر عن سكوت عميق وإرادة حازمة في إنجاز سنة الحياة... ضغط خُنَاثَة على زر التوقف في جهاز الفيديو وأعلن:

- إنكما مؤهلان للخدمة المختلطة! لكنكما ارتكبتما خطأ جسيما: إن جماعكما وجها لوجه يمكن أن يوقعكما في الحب! من يرتكب جريمة الحب ويعشق عنصرا من الجنس لآخر يسبب خطرا على توازن مجتمعنا! من ثبتت عليه هذه الجريمة يرسل إلى أحد مراكز إعادة التأهيل، ولن يخرج منه إلا بعد الشفاء من مرضه!

قالت مَانِكي متوجسة:

- إلهتي أتوسل إليك أن تقيني من مرض الحب!
- إذا لم تفصلا بين العواطف والجنس فإنكما ستهلكان لا محالة! نحن نعيش معا في الخدمة المختلطة ونعمل معا ونمارس الجنس، لكننا لا نقبل العواطف.. غدا ستنقلان إلى مركز الخدمة..

خرج آدم ومَانِكي من بابين مختلفين، دون أن ينظر أي منهما إلى الآخر.

4

سُوهُو

بعد عودته إلى منزله، أحس آدم بكآبة ردها إلى شعوره بالرتابة
في محيطه المألوف.. كان يحضّر كوكتيل في المطبخ.. كل الأشياء
موجودة في متناول اليد، متحدية الزمن، غير مكترثة بالحالة النفسية
لمستخدمها.. بعد تحضير الكوكتيل توجه إلى المكتبة.. كان يعلم أن أريكة
الجلد الأبيض ستكون في مكانها مستعدة لاستقبال من يحلو له الجلوس..
غاص في الأريكة الوثيرة، رفع إلى شفتيه كأس الكوكتيل التي كان
يمسكها بيده اليمنى، فعل ذلك تلقائيا دون أن يشعر بحركة يده.. حملت
اليد الكأس مباشرة إلى الفم؛ استقرت حافتها بين الشفتين اللتين انفرجتا
قليلا، كانت الكأس في وضعية مائلة عند لقائها بالشفتين مما جعل السائل
يتدفق.. استقبل الفم الكوكتيل الذي مر بسرعة مع البلعوم ثم عادت اليد
إلى مكانها الأول على المسند، ساحبة معها الكأس. الأن يجد آدم في فمه

طعم السائل الذي ابتلع بعضه وتبقت صبابة منه في الكأس التي يمسك في يده اليمنى.. الطعم في فمه كان مشكلا: طعم مفرقع يغمر اللسان ويتصاعد مع المنخرين، ثم يعود إلى قاعدة اللسان في اتجاه اللوزتين.. المشاهد التي ترتسم في عيني آدم تشمل مساحات من الغرفة غطاها بصره، تتعاقب كالصور الشفافة: كُتُب في أدراجها، مصفوفة رابضة، لم يكن يميز إلا العناوين البارزة، براقة ومغرية.. ذلك هو عالم الغرفة الذي كان يشغل أحاسيس آدم... فجأة حضرت في ذهنه صورة غريبة على هذا المحيط: صورة مَانِكي.. من تلك الثغرة المفتوحة تعاقبت أحداث الاثنتي عشرة ساعة التي قضاها صحبة مَانِكي..

لم تساهم الفترة التي قضاها مع مَانِكي في حل لغز النساء، بالعكس زادت من غموضهن.. ذكرى مَانِكي، على مر الساعات الماضية بعثت في نفسه خواء داخليا ونوعا من الحاجة الملحة إلى غائب؛ حنين إلى الزمن المنصرم.. أصبح سوداوي المزاج.. استولت مشاهد الساعات الماضية على مشاعره، تضخمها ذاكرته وتزيدها.. لم يكن لتلك الذكريات إلا ما أضفته عليها مَانِكي من معنى.. لم يسبق لأي حدث أن طغى على ذاكرته مثل ما طغت عليها ذكريات مَانِكي التي أصبحت تتخلل مسام جلده، كما يتسرب الماء في الأرض العطشى... عند العشاء أكل بدون شهية، ثم حاول النوم.. لبث طويلا يتقلب ذات اليمين وذات الشمال، متململا على فراشه.. هب مرات عديدة خلال نومه المضطرب...

في الصباح جاء خُنَاثَة وذهب به إلى مركز الخدمة المختلطة، كانا بمفردهما ولم ينبس ببنت شفة.. خطر في ذهن آدم مرات أن يسأله

عن مَانِكي ومتى سيلقاها؟ لكنه عزف عن ذلك: قد لا يعطيه جوابا وقد يقلل ذلك من فرص لقائهما.. قاده إلى بناية تحت الأرض، تتوسط غرفها باحة نيرة:

- ستسكن هنا مع رفيقتك طوال فترة الخدمة!

طار قلب آدم، لم يكن يصدق أنه سيتقاسم هذا المنزل مع مَانِكي.

- أي رفيقة؟ سأل آدم بانفعال..
- ستتعرف عليها قريبا!

لم يتمكن آدم من إخفاء إحباطه عند ما وصلت رفيقته الجديدة.. عرفه عليها خُنَاثَة قائلا:

- هذه سُوهُو، رفيقتك طوال الخدمة، ستعيشان هنا وستعملان في نفس القطاع.. يجب عليكما أن تؤديا بنزاهة وبلا عاطفة واجبكما الجنسي! تخضع ممارسة الجنس إلى توقيت، وإلى قواعد يشرحها هذا الملصق فوق الباب.. يجب عليكما أن تتحاشيا أي عاطفة قد تؤدي إلى شغف أو غرام أو حب، محدثة انحرافا في حياتكما الجنسية.. ستخدمان في قطاع التسلية، سأخبر السّامِري...
- من؟
- السّامِري، إنه المشرف على خدمتكما.. سأشعره بوصولكما، سوف ينظم أول اجتماع لعمال قطاع التسلية ويحدد لكل دوره، إذا واجهتما أي مشكلة يمكنكما الرجوع إليه!

كانت سُوهُو تجمع بين الغضارة والجمال، تشع منها رغبة مميتة.. إنها معبد يغري بالانتهاك، تعطي انطباعا بأنها تعرض نفسها

للآخرين، تجرفها حمى دفينة خارج حدود جسدها، كما تتفتح الوردة لشمس الضحى.. بلغ وجهها درجة من الجمال جعلت منه وهما، لكن من وراء الوهم، توجد سمة حيوان شرس.. كانت تعرض نفسها لتُرى وتُشم وتُسمع، وتُلمس وتُذاق.. تتمتع بقدرة فطرية على إثارة الرجال، موقفها غير الممانع يثير ملاحقتهم لها.. زينتها وأناقة ثيابها ومكيجتها تبرز روعتها وتثير بعنف انتباه الرجال.. أحس آدم برغبته الجامحة في تلطيخها بدنس الخطيئة.. كان يريد تلويثها وانتهاك جمال وجهها.. اقترب منها، مصمما على تعريتها لتظهر كآلة للرغبة.. بدرت منها حركة تمنع، لكن آدم قبض على جناحيها بقوة.. احتجت:

- أنت لا تخجل! ليس لك الحق في ممارسة الجنس خارج الأوقات المحددة...

لم يجبها. بدأ ينتزع ثيابها.. كان يحس باقتراب موعد الذوبان الذي ينبئ عنه عري سُوهُو، وبالغبطة الناتجة عن فعلة انتهاكها.. لكن هياج الجسمين لم يقلل من الشعور بالخطيئة...

يتميز السّامِري بصفات حيوانية، توحي بها بعض مظاهر شخصه.. تثور من أعلى مقدمة رأسه شعرات، كالقرنين المدببين فوق جبينه.. شكله ومشيته يذكران بحيوان زاحف.. في بعض الأحيان يكون رائع الجمال، وأحيانا يتراءى سمجا مقززا.. يعرف بدقة متناهية أعماق شخصية كل مجند وله القدرة على قراءة الخواطر.. كان يسدي نصائحه لكل فرد وله قوة خارقة على الإقناع.. استدعى المجندين العاملين في قطاع التسلية.. حضر قرابة المائة من الرجال والنساء.. كان كل يحملق في الآخر كما لو كان قادما من كوكب بعيد.. وصل السّامِري متأخرا، بدا

31

رائع الجمال، جمال لا يشوبه إلا الشعيرات الثائرة فوق جبهته... جلس الجميع متحلقين حوله.. بقي هو واقفا يدور داخل الحلقة..

- مهمتكم هنا هي تنظيم تسلية المدعوين للخدمة في مركزنا.. سيوظف كل منكم حسب مواهبه وتجربته السابقة..

كان يجوب وسط الدائرة ويتكلم.. عندما يقترب من آدم وسُوهُو ينظر إليهما بتمعن، نظرته كانت مغرية؛ بدا أنه يقاسمهما سرا.. كلف آدم بتشكيل الفرقة الموسيقية، أما سُوهُو فعينت للخدمة في مقهى المسبح.. عند نهاية الاجتماع طلب السّامِري من سُوهُو البقاء.. لبثت معه وقتا طويلا.. عندما خرجت كانت نظراتها تشع بلمعان شيطاني.. سألها آدم عن ما جرى.. أجابته أنهما كانا يناقشان بعض تفاصيل العمل ولم ترد البوح بأكثر..

ذكريات مَانِكي لم تمحها معاشرة سُوهُو.. كانت دائما حاضرة في ذهن آدم، كالجدار يفصله عن سُوهُو.. أحيانا، عندما تكون سُوهُو بين ذراعيه، يغمص عينيه ليتخيل أنها مَانِكي.. تعلم أن يعيش مع هذا الحاضر الغائب.. الغريب أنه لم يكن يجد لمَانِكي أي فضل موضوعي على باقي النساء، لا يرى مبررا لتفضيلها عليهن؛ لكن ثمة شيء لا يمكن إدراكه يؤثر في أعماق نفسه: كان يحبها.. هل ذلك الحب وهم؟ إذا كان كذلك فهو وهم مقنع.. تلهم مَانِكي نفسه هذيانا دائما.. يركز على ذكراها ليتمثل مواقفها، والمشاعر التي عبرت عنها تلك المواقف.. لكنه لا يرى إلا قناعا ضبابيا، شبحا بلا روح تعكسه ذاكرته على مرآة ذهنه.. كان يبحث جاهدا وراء هذا القناع، لكنه لا يجد إلا صورة وحشته ذاتها.. في آخر المطاف تغيب مَانِكي، متبخرة وراء هذا القناع..

شكل آدم فرقته الموسيقية.. صار هو المغني والملحن.. في حلقات التدريب الأولى فهم أن ثمة خللا : كان لكل نظريته الخاصة في العزف ولإيقاع.. قرر أن يبدأ بالمواءمة بينهم.. سألهم:

- لماذا – حسب نظركم – يبرز من بين الكم الهائل من الأصوات والآلات المصوتة التي يحدثها الإنسان، نغمات وأصوات يطلق عليها اسم الموسيقى؟

كان لكل جوابه على هذا السؤال. قال الطبال: "إن الأصوات الإيقاعية هي الأصوات الموسيقية".. أما عازف القيثارة فكان يرى أن الموسيقى تتولد من الوزن.. وكان عازف البيانو يرى أن الصوت الموسيقي هو الصوت الجميل... قاطعهم آدم:

- ما نريده هو الموسيقى الجيدة.. موسيقى تهز أوتار مشاعر وأرواح وجسوم الجمهور؛ لذا يجب أن يتناسب إيقاع الآلات الموسيقية مع إيقاع الجسم البشري.. فالطبل مثلا يمكن أن يتماشى إيقاع نبض القلب.. لكن الإيقاع وحده لا يكفي.. يجب عل العازف أن يعي دوره المقدس! الحفل الموسيقي تواصل روحي بين الجمهور وكهنة الجوق.. اعزفوا كما لو أنكم كهنة.. بهذا وحده يمكنكم الوصول إلى الكمال في العزف، فالموسيقى هي روحانيتنا ودين زماننا!

كان آدم يقسم وقته في المركز بين سُوهُو وعمله.. شيء ما في سُوهُو يغريه ويثيره دائما، لينتصر عليه بعد كل مواجهة.. يقع مقهى المسبح بقرب قاعة التدريبات الموسيقية.. تعود الجلوس قرب المسبح بين

حصتي تدريب، يتفرج على السباحين و سُوهُو التي تخدمهم.. فوق الخوان ثمة كومة ليمون مرصوصة هرميا.. اقترب من الخوان، غمرته رائحة الليمون، حدق في الليمون، رأى العصير وراء القشرة، اخذ ليمونة وغرز أسنانه في القشرة ثم عصر الليمون فوق وجهه... كانت سُوهُو تنتقل من زبون لآخر، ترتدي مايوه سباحة .. من يتأملها لا يمكنه إلا أن يتذكر أن الله خلقها لتعطي الحياة وربما الموت، وهبها الله حاسة اللذة وعاطفة الحب لتنجب.. لكنها تعلمت أن تعيش الجنس واللذة لذاتهما، لا تحب ولا تنجب! لم يسبق لآدم أن تجرأ على القفز في المسبح.. كان يتعجب من السابحين، كيف يمكنهم القفز على هذا البلور الصافي.. كلما قفز سباح ظن أنه سيتهشم على نتوءات هذا الماس الأخضر المنحوت، الذي كان يبدو متحركا تحت أمواج الضوء المنعكس عليه..

يتم التعايش بين الرجال والنساء في المركز دون مشاكل تذكر.. من يراقب مجريات حياتهم اليومية يظن أن البغض المميت بين الجنسين قد زال وأنه لم يعد هناك مبرر للصراع والتفرقة.. كل أمور المركز مرتبة لتبرز التكامل في جميع المجالات.. إذا كان كل جنس ما يزال يحتفظ بخصوصيته، فإن هذه الخصوصية لم تعد تبرز كما هو الحال خارج الاختلاط.. كل يعيش كما لو كان يحتاج للآخر ويتوق إليه.. حل منطق الاختلاط محل منطق التفرقة.. يتعايش الرجال والنساء كشريكين في جرم قديم.. رجعا يحييان ذاكرتهما البدائية القديمة، تلك الذاكرة المشتركة التي لم تمحها التفرقة والتي قد تعبر عن رغبة في إعادة الاتحاد.. لكن هذه الرغبة كانت تصد بصرامة، لأنها تتنافى مع روح الخدمة المختلطة ولأنها تذكر بعهد الحرب الشرسة التي نتجت عن الاختلاط..

34

تمثل عاطفة الحب آخر هذه المظاهر المعبرة عن الميول إلى إعادة الاختلاط.. تمثل لعنة الحب تهديدا مخيفا أمام براءة الرغبة الجنسية.. إن وهم الحب العاطفي هو الذي أهلك البشرية.. تسهر سلطات الخدمة المختلطة على إبقاء اللذة الجنسية خالصة من أي شيء يشوبها بسبب الحب العاطفي.. لكن ثمة خطر حقيقي يكمن في ظهور العاطفة بسبب إشباع الرغبة الجنسية.. لهذا حرم الجماع وجها لوجه وحددت أوقات ممارسة الجنس.. لكنه كان من الصعوبة بمكان مراقبة احترام هذه القواعد.. كلما ضبطت حالة انتهاك يعاقب صاحبها بالسجن في أحد مراكز إعادة التأهيل..

صممت السلطات طرقا لاكتشاف حالات الإصابة بمرض الحب.. تمثل الجلسة الأسبوعية للتحليل التي يخضع لها كل مدعو للخدمة المختلطة أهم هذه الطرق.. من أجلها وضع "اختبار للعاطفة" يهدف إلى تحديد درجة الإصابة بمرض الحب عند المجندين.. يتمثل الاختبار في الإجابة على اثني عشر سؤالا.. لكن إذا رأى المحلل أن الأجوبة لا تفي بالمعلومات الكاملة، يمكنه إضافة أسئلة أخرى من أجل تشخيص واضح.. تلقي آدم هذا الصباح استدعاء من السّامِري إلى أولى جلسات التحليل.. لم يكن يخشى تلك الجلسات ما دامت تدور حول علاقته بسُوهُو.. كان متأكدا أن هذه العلاقة مبنية على رغبة لا تشوبها أية عاطفة.. لكنه كان يخشى أن تتعدى الجلسات حدود علاقته مع سُوهُو لتشمل خفايا نفسه المليئة بحمإ العاطفة.. كان يعلم يقينا أن نفسه ملفوفة في شرنقة من نسج حب مَانِكي..

وصل إلى مكتب السّامِري في الساعة المحددة.. استقبلته مضيفة، أجلسته وطلبت منه الانتظار.. أحس بطول الوقت قبل أن تستدعيه المضيفة فاتحة له باب المكتب.. استقبله السّامِري قائلا:

- ها أنت آدم! اجلس هنا أمامي! أنا متأكد من أنك تدرك الأهمية البالغة لجلسات التحليل.. أنت تعرف أن الخدمة المختلطة مهمة، لكنك تعرف أيضا أن النساء والرجال يكونون اليوم عالمين منفصلين، مجتمعين مختلفين، حتى ولو كانا متكاملين، وأن الرجوع إلى الوراء مستحيل.. يفصل بين الرجال والنساء برزخ لا يمكن اجتيازه، حتى ولو حاول ذلك بعض العاشقين الذين أصيبوا بمرض الحب الذي يدفع ببعض الرجال والنساء إلى محاولة الاتحاد.. هذا هو أكبر خطر يهدد مجتمعنا! لهذا قررنا تدمير فيروس الحب بجميع الوسائل من أجل المحافظة على نقاوة الجنس.. الآن قل لي ما اسم رفيقتك؟

- سُوهُو!

- نعم سُوهُو... جيد! الآن أجبني بصراحة، قالها بنبرة تهديد، كما لو كان آدم يخفي خطيئة.. أضاف: هل تأملت سُوهُو؟ إذا كان الجواب نعم ماذا لاحظت؟

- نعم أتأملها أحيانا.. في أحد الأيام كنت أراقبها من بعيد، كانت تلبس مايوه استحمام.. جسدها شبه العاري كان يتحدى معنى الحياة.. تذكرت أن الله خلقها لتعطي الحياة وربما الموت! لكن تصرفاتها تنبئ بأنها تناست ذلك.. لقد وهبها الله حس اللذة لتعيش سنة الخليقة، لكنها تعلمت أن تعيش اللذة من أجل اللذة!

فكر في كونه تناسى عفويا في نقله ملاحظاته على سُوهُو كل ما يمت بصلة إلى الحب.. ارتعد داخليا خشية أن يكون السّامِرِي قد استشف ما حاول إخفاءه.. ابتسم السّامِرِي كما لو أنه سمع حديث آدم في نفسه..

- هل لاحظت عيوبا في قرينتك؟
- نعم! إن هيجان حيوانيتها المنهمر من جمالها يهيئها للخطيئة.. كلها مكرسة لحواسها... كاد أن يتابع قائلا: "إن ما تفتقده أكثر من أي شيء هو العاطفة"، لكنه نجح في كبح لسانه.. إنها قناع فارغ، ثقب أسود في السماء! إنها تمقت الحقيقة والعلم...
- ما هي الصورة التي تحبذ أن تحتفظ بها سُوهُو عنك؟
- نفس الصورة التي لديها عن الحقيقة!
- لكن ماذا أيضا؟ عاود السّامِرِي..
- صورة مذنب منتهك لجمالها!
- هل يحدث لك أن توحي لها بتلك الصورة؟
- أثبتها لها في كل مناسبة!
- ما هي الأهمية التي توليها لصورتك عند رفيقتك؟
- لا تهمني على الإطلاق! لأنني متأكد من أنها حيادية في ذاتها، إنها آلة ليس إلا! حياتها الداخلية يحددها التيار الرجولي الذي تقترب منه!
- ما هي الأهمية التي توليها لعلاقاتك مع سُوهُو؟
- أهتم بها دائما لأنها تشبع رغبتي!
- هل حدث لك أن حاكيت دورا أو تصنعت موقفا أمامها؟
- لا، أبدا!
- هل في شخصيتك جوانب تخفيها عن سُوهُو؟

- لا! لكن هناك جوانب لا يمكنها الاطلاع عليها، وأخرى لن تتجرأ على النظر إليها وجها لوجه!

- هل حدث لك أن تذكرت بعض المواقف التي يمكن أن تثير إعجابها بك؟

- لا، لأني لا أهتم بصورتي عندها!

- هل حدث أن ندمت على بعض السقطات التي صدرت منك اتجاهها؟

- أبدا!

- هل حدث لك أن ربطت بين بعض الأشياء أو المواقف أو الأشخاص وذكريات حلوة مرتبطة بسُوهُو؟

- لا، أنساها غالبا في حالات غيابها عني!

- هل ترى أن بإمكانك تحقيق السعادة لسُوهُو؟

- لا، لا أظن ذلك! أدعها تبحث عن سعادتها بنفسها!

- هل تظن أن بإمكانها أن تحقق لك السعادة؟

- بالقطع لا! كل ما في وسعها هو إشباع رغبتي!

تم تسجيل جميع أجوبة آدم بواسطة جهاز منصوب بينه وبين السّامِرِي.. أخذ السّامِرِي الجهاز ضاغطا على بعض أزراره ثم أعاده إلى مكانه..

- الآن ننتظر تحليل المِعْطَاف لأجوبتك والذي على أساسه سيحدد نسبة العاطفة عندك.. إن أعلى نسبة يسمح بها في مراكز الخدمة المختلطة هي خمسة بالمائة.. الذين تتجاوز النسبة عندهم هذا الحد يرسلون إلى مراكز إعادة التأهيل ..

كان آدم يفكر في أجوبته: «لقد كانت جيدة على العموم.. وعلى كل حال فأنا متيقن من أني لا أحب سُوهُو! إذا جرت الأمور طبيعيا، فسيعطيني

المِعْطَاف نسبة سلبية».. كان السّامِري يحك قرنه، بدا مشغول الذهن.. لقد شخص مرض الحب عند آدم لأول لقاء.. في البداية ظن أنه مغرم بسُوهُو، لكن الاختبار أثبت العكس.. أكدت بداية الاختبار ظنون السّامِري: ألم يحاول إخفاء ملاحظته عن سُوهُو أن «ما ينقصها أكثر من كل شيء هو العاطفة؟» لقد فكر بنبرة عتاب واضحة.. ما من شك أنه عاطفي، يجب إرساله إلى أحد مراكز إعادة التأهيل.. لكن قبل إرساله قرر السّامِري أن يتريث حتى يثبت إصابته ويكتشف الشخص الذي يحبه لإخضاعه هو الآخر لإعادة التأهيل، إذا كان بدوره مصابا.. لقد أعد خطته من أجل اكتشاف المرأة التي يحبها.. كان آدم ينظر إلى السّامِري.. تبدي ملامح وجهه شيئا يشبه التواطؤ.. الفرق شاسع بين ملامح وجهه وواقع تفكيره، حتى إن المرء يتساءل عما إذا كانا ينتميان إلى شخص واحد.. لفظ المِعْطَاف بطاقة مخرمة تناولها السّامِري.. ثم قال:

ـ نسبة العاطفة عندك تساوي ناقص واحد بالمائة.. هذه نتيجة جيدة.. هذا كل شيء هذه المرة.. يمكنك العودة إلى عملك!

غادر آدم مكتب السّامِري ليلتحق بأعضاء جوقه في قاعة التدريبات الموسيقية.. إنهم الآن يتدربون ليل نهار من أجل تحضير حفل سيشارك فيه جميع مدعوي مراكز الخدمة المختلطة في المنطقة.. سيقدم كل مركز فرقته الموسيقية في هذه المناسبة.. ستكون المنافسة حامية.. لكن التنافس الموسيقي لم يكن الأهم بالنسبة لآدم، الأهم هو أن مَانِكي قد تحضر هذا الحفل..

توجد قاعة الحفل الموسيقي في مركز آخر تنقل إليه الجوق لإعداد عرضه.. في مساء اليوم المقرر حضر جمهور غفير غصت به

القاعة والساحات من حولها.. عندما جاءت مَانِكي إلى القاعة لم تجد مقعدا شاغرا، لبثت واقفة؛ أحست بضيق نفس بين الجمع الكثير، ثم أصبحت خلية من الجسم الكبير، لم يعد لها شعور بذاتها بين كل هؤلاء الناس، انصهر الكل في شعور واحد توجهه عوامل تتجاوز الأفراد..

تعالى الصياح عندما صعد آدم المنصة وأمسك بالمايك.. تشبث بالمكروفون كما لو كان الطريق الوحيد إلى الخلاص.. كان يغمض عينيه ويحاول تحسس عزف الآلات، التي رافقها بانفعالات جسده.. بعد انسجام جسده مع عزف الآلات الموسيقية فتح عينيه على جمهوره.. حملته نظرات الحضور إلى خارج حدوده الذاتية.. لم يكن الجمهور يتكلم، كان يتنفس؛ تصدر منه قوة هائلة غير مرئية، لكنها حاضرة ومخيفة، كما البشر.. نفَس يشبه نفَس السماء بين تعاقب الليل والنهار، نفَس كائن خرافي في الليل البهيم، أو نَفس كل حي مفترس.. تغلغل إيقاع الموسيقى في هذا النفس فجعله عنيفا متقطعا.. بدأ آدم يغني.. انفجرت القاعة بموجة تصفيق متواصل.. ثم تصاعدت التأوهات وبدأت الرؤوس تتمايل.. اختلط عزف الآلات الموسيقية بنغمات الأغنية وترداد الجمهور.. لم يعد آدم يحس المنصة من تحت قدميه، جرفه الموج، بدأ يحلق مع التأوهات والتصفيق.. ارتفعت الأيدي بالشعلات.. تيقن أنه هِرْبِذ بين عبدة النار... بعد سدل الستار فر محاولا الرجوع إلى مقصورته؛ وما إن دخلها حتى هجمت عليه المعجبات المولعات.. كان رجال الأمن جادين في صدهن، وهن يتدافعن نحو آدم صارخات، يغرزن أظفارهن في عضلات الحراس الذين كانوا حلقة أمنية للحيلولة دون الوصول لآدم.. بعد لأي توصلوا إلى إخراجهن من المقصورة وأغلقوا الباب.. ثم أدخلوهن الواحدة تلو الأخرى..

40

سبق للسّامِرِي أن دس كاميرات في مقصورة آدم بغرض اكتشاف المرأة التي يحبها.. كان جالسا في غرفة المراقبة وفلم صور مقصورة آدم يعرض أمامه.. تتابعت المعجبات يأخذن التوقيعات والصور من آدم، بعضهن يقفزن لضمه، وأخريات يحاولن اختطاف قبلة أو لمسة ثوب... ثم دخلت مَانِكي وانغلق الباب من ورائها.. كانت على وجهها ملامح عناد تعرب عن صرامة ومضي في مواجهة قدرها.. آدم يتأملها كما لو كان يبحث وراء ملامح وجهها عن شيء فقده.. كان يتساءل عم سيكون ردها إذا هو باح لها بحبه. أربكها بنظراته:

- لماذا تنظر إلى هكذا؟
- كنت أتردد في البوح لك بحبي! غص السّامِرِي بريقه.
- أنا أيضا كنت مترددة...
- تحبينني؟
- نعم آدم، أحبك!

ازدرد السّامِرِي ريقه فكاد أن يشرق به..

- لماذا لم تعربي لي أول مرة؟

- في البداية لم أكن متأكدة.. لم يكن باستطاعتي التعرف على الحب.. لم أتيقن من حبي إلا عندما علموني العزوف عن العاطفة.. عندها تيقنت أنني أحبك!

لقد سمع السّامِرِي ورأى ما يكفي.. أسرع نحو مقصورة آدم بين كوكبة من رجال الأمن، دخلوا فجأة، صاحت مَانِكي مذعورة..

ـ ها أنت آدم، يا للخيانة! ظننت أن بإمكانك أن تخدعني؟ ثم أضاف موجها كلامه لمَانِكي: وأنت ما اسمك؟ من أي مركز قدمت؟

تحدى آدم قائلا:

ـ لم أقصد خداعك! لقد سألتني عن مشاعري تجاه سُوهُو ولم تسألني عن حبي لمَانِكي.. أظن أنه يجب علينا ألا نخجل من العاطفة! العاطفة لا تقل براءة عن الرغبة، لا يمكن الفصل بين الاثنين كما تحاولون أنتم في الخدمة.. الحب سجية بشرية لا يمكن إخضاعها للقانون!

أُرسل آدم إلى مركز إعادة التأهيل الجنسي للرجال وحجزت مَانِكي في أحد المراكز المخصصة للنساء..

5

مركز إعادة التأهيل

مركز إعادة التأهيل الجنسي للرجال يشبه الثكنة، تحوطه
سياجات عالية من الأسلاك الشائكة.. أصيب آدم عند دخوله بذعر شديد:
«قد يكون هذا أحد السجون التي لا يخرج منها داخلها إلا ميتا».. لم
يستوعب ما يحدث له.. «كيف يمكن لإنسان أن يحكم بالسجن على آخر
لمجرد كونه يحب؟ لم يكن مقتنعا بأنه ارتكب جريمة، وقع في حب
مَانِكي، لس إلا.. كيف يمكن للحب لعاطفة الحب أن تحول إلى جريمة؟
أليس البشر كله عاطفة؟ إن تحويل حظر الحب إلى قانون يمثل جهالة..
لن تشفى طبيعة البشرية بإصدار قوانين كهذه.. مهما قمع الحب فلن
يتوصل إلى الفصل بين الرغبة والعاطفة، لأن العاطفة تتحكم في الرغبة
بسيطرتها على تجاذب الجنسين.. الخوف من الآخر هو وحده الذي يبرر
هذا الفصل المستحيل..»

أشرف خُنَاثَة على تحويل آدم إلى مركز إعادة التأهيل الجنسي للرجال.. يبدو أنه يرى طبيعيا ما يحدث لآدم.. ألم يحذره عند لقائهما الأول؟ ثم إن خُنَاثَة أظهر موهبة عجيبة في استكناه المستقبل.. أخذا عربة من زجاج سميك شفاف، يخيل إلى راكبها أنه يسبح في الفضاء.. دخلت بهما في نفق عميق تحت الأرض، تضيئه كشافات كالشموس، تنبعث منها حرارة جهنمية.. أخذت العربة تخر هاوية إلى مكان سحيق.. لكن المرعب حقا هو ذلك الخط الضوئي الدقيق الذي تنساب معه بسرعة مذهلة! كان أرق من الشعر و أحد من السيف.. ظن آدم أنه سيفصل العربة نصفين، ويسلمها للهاوية..

ربضت العربة في مقبس بعد أن سئم آدم طول هذا السفر الجهنمي.. انفتح الباب على رجل واقف.. قال مخاطبا خُنَاثَة:

- لم نرك منذ زمان! ماذا أصابه؟
- إنه مصاب بالحب!
- سندبر شأنه، اتبعاني!

قادهما الرجل إلى غرفة تشبه صالونات الحلاقة والتزيين، جدرانهما مغطاة بالمرايا، وبها طاولات عديدة ربضت عليها أجهزة حواسيب، يتوسطها سرير من حديد مفروش بأغطية بيضاء ناصعة.. توجه خُنَاثَة نحو ملامس أحد الأجهزة وبدأ يدخل معلومات حول النزيل الجديد.. كان كلما أدخل معلومة تظهر على الشاشات والرجل الآخر ينظر بتمعن.. بعد مغادرة خُنَاثَة أمر الرجل آدم بخلع ملابسه.. وعندما أصبح عاريا، ضغط

44

الرجل على زر ليدخل رجل آخر.. قال الرجل الأول مشيرا إلى ثياب آدم:

- خذ كل هذا وضعه في المحرقة!

أضجع آدم على السرير الحديدي ثم جعل رأسه في صحن زجاجي وحلق كل شعر رأسه ولحيته.. ثم حلق كل الشعر على باقي جسمه.. لم تبدر من آدم أي مقاومة: سبق أن حذره خُنَاثَة: "لا تحاول المقاومة، لن يقود ذلك إلا إلى التعذيب.. اعلم أن المقاومة الجسدية في هذا النوع من المواقف لا تجدي؛ يكمن الخلاص في المقاومة المعنوية.. حاول أن تخلص نفسك بهذه الطريقة!". أحدث لديه هذه النصائح واللهجة التي أسديت بها شعورا بالثقة تجاه خُنَاثَة.. بعد حلق كل الشعر على جسد آدم، غسل الرجل الجسم كله، كما لو كان يريد تطهيره من دنس الخطيئة.. ثم نشفه وألبسه كمولود جديد.. فعلا كان آدم يحس أنه بعث من جديد..

- تعال معي إلى غرفة إقامتك!

قاده في ممر زجاجي فولاذي قوي الإنارة لا يوجد فيه أي أثر لحضور بشري.. أدى بهم الممر إلى باب مصفح، أخرج الرجل بطاقة ممغنطة مربوطة بسلسلة حديد إلى حزامه، أدخلها في ثقب القفل.. أدخل آدم وسد عليه الباب.. خيم صمت فلكي على الغرفة التي أصبحت حيزا مغلقا يسبح في الفضاء.. كشف هذا الصمت عن عالم غريب: جلبة أصوات شرايين آدم في جسمه.. لقد أخفت عنه الطبيعة إلى الآن هذا البعد المرعب من جسمه.. لكنه الآن صار يسمع جيدا هدير الدم في شرايينه، كما يسمع هدير السيل في أمصرته، والسنفونية العجيبة التي تعزفها ألياف الأعصاب في دماغه... ذهل لسماعه هذا العجيج المرعب داخل جسمه.. جعل أصابعه في أذنيه، لكن ذلك لم يجد شيئا، كانت الضوضاء تصدر

45

من الداخل، منبعثة من كل خلايا جسمه.. بدأ يتخبط كالممسوس، علّ تلك الأصوات المرعبة تنقطع.. كان يقف، ثم يجلس، يسعل، يصرخ، يتلوى على الفراش، يضرب برأسه على كل ما يصادف.. لم يفد ذلك شيئا؛ بالعكس زاد الهيجان والصخب.. فقد شعوره بذاته، فلم يعد يشعر إلا بضجة الجسم الصاخب... رن صوت مألوف وغابت أصوات الجسم الصاخب:

- أهلا آدم! أهلا آدم! أهلا آدم! أهلا آدم! أهلا آدم! أهلا آدم! أهلا آدم! أهلا آدم! أهلا آدم!...

لم يصدق ما يسمعه: كان ذلك صوت مَانِكي، صوتها نفسه حتى ولو كان مكبرا، لكنه صوتها بلا شك.. في البداية كانت الغرفة جد مظلمة، لا يتسرب إليها أي بصيص ضوء، ثم اتقدت فجأة مصابيح كشّافة.. أصيب آدم بالذهول: مَانِكي في كل مكان! صوتها، أسمها، صورتها! لكنه حضور ينطوي على غياب يوحي بمحاكاة مبتذلة.. حاول أن يفكر في موقفه لكن التفكير كان مستحيلا مع الجلد بصوت مَانِكي الذي لم يعد يتوقف، كشريط يعاد كلما انتهى وبصورها اللماعة على الشاشات في كافة أرجاء الغرفة.. أغمض عينيه وجعل أصابعه في أذنيه.. بقي هكذا طويلا..

الغرفة خالية من أي أثاث سوى السرير الذي اكتظت أدراجه بالأقراص المغذية.. السقف منخفض والهواء مكيف.. دورة المياه انزوت في ركن كالخزانة الجدارية.. كم زمن سيلبثه في هذا السجن! وهل من سبيل إلى الخروج؟ كان يعلم أن مَانِكي توجد في مركز تأهيل جنسي آخر؛ خاف عليها.. لكنه كان على يقين من أن اللقاء مستحيل.. الضوء

مازال يتسرب إلى البصر مخترقا الجلد والأجفان والصوت يتسرب داخل الأذنين وجميع المسام... «ما العمل؟ الموقف واضح: هنالك الخطر المميت المحدق بحبي وإرادتي في الحفاظ عليه والحاجة إلى ربط الصلات بمَانِكي، ثم الضرورة الملحة إلى إيجاد وسيلة للهرب من هذا الجحيم».. عندما فتح عينيه ونزع أصابعه من أذنيه تدفق في حوساه محيط الغرفة المشبع بمَانِكي..

- أهلا آدم! أهلا آدم! أهلا آدم! أهلا آدم! أهلا آدم! أهلا آدم! أهلا آدم! أهلا آدم! أهلا آدم! أهلا آدم!...

الغرفة مجهزة بمواد عازلة للصوت، لا يتسرب إلى داخلها أي صدى، لا توجد نافذة والباب الوحيد سميك سماكة الباب الذي كان آدم يتمنى أن يسد به أذنيه دون صوت مَانِكي.. اللون الوردي يغمر كل الأشياء: الجدران، السقف، السرير وأغطيته، ملابس آدم، والهواء... لبث جالسا، مستسلما لصوت وصور مَانِكي التي تحولت من حبيبة إلى جلاد... اختفت صور مانكي وتوقف صوتها، حلت مكانه ضجة جسم آدم الصاخب، لكنها جلبة تعود عليها الآن وصار ينام معها، بعدما طال به فقدان النوم.. أغمض عينيه، اضطجع على قفاه في عرض السرير، أخذ نفسا عميقا ثم نام لتوه..

هب من نومه مذعورا بينما كانت مَانِكي تردد بصوت مدو اهتزت له أرجاء الغرفة: "آدم حبيبي استيقظ! أعلم أنك تحبني! لا أريدك أن تنام! أريد أن تستمر في التفكير بي! آدم حبيبي استيقظ! أعلم أنك تحبني! لا أريدك أن تنام! أريد أن تستمر في التفكير بي! آدم حبيبي استيقظ! أعلم أنك تحبني! لا أريدك أن تنام! أريد أن تستمر في التفكير بي!...".. «كم زمن نمت؟ لا أعرف، فقدت الوعي بالزمن!» نهض

متوجها إلى الباب يبحث عن أي ثغرة يمكن استراق النظر من خلالها إلى ما يدور في الخارج.. لكنه لم يجد إلا جدارا سميكا مصمتا، حتى أنه لم يكتشف مكان المغلاق.. عقد يديه وبدأ يكز الباب بمجمع كفيه، لكن لكماته لم تحدث أي صوت، كفلم صامت.. كان مفصولا عن العالم.. لم يبق من خيط يربطه به إلا جلد مَانِكي.. الآن اكتشف سر هذه المهزلة البغيضة حول حبيبته: كانت طريقة وحشية لغسل الدماغ؛ كانوا يريدون مسخ ذكرى مَانِكي وجعلها بغيضة..

كلما انتابه وسن نبهه صوت مَانِكي: "آدم حبيبي استيقظ! أعلم أنك تحبني! لا أريد أن تنام! أريد أن تستمر في التفكير بي!... آدم حبيبي استيقظ! أعلم أنك تحبني! لا أريد أن تنام! أريد أن تستمر في التفكير بي! ...".. لكن العذاب الأشد هو ذلك الضوء السرمدي.. حاول إطفاءه، لم يجد قاطعا، بحث عن المصابيح ليهشمها، وجد السقف كله مصباحا غير قابل للكسر.. عاش إذن تحت هذه الشمس التي لا تغيب.. توقف الزمن.. لم تبق له أي نقطة معلم.. لو كانت على الأقل تصله وجبات لأمكنه ضبط أوقاتها من أجل رصد الزمن.. بدأ يشك في وجود العالم ووجود ذاته.. حاول التنصت إلى إيقاع دقات قلبه للتأكد من وجوده ومن انسياب الزمن.. قدر عدد دقات قلبه بدقتين كل ثانية مما خوله إدراك الزمن من وراء دقات قلبه.. لكن ذلك الإدراك لم يعطه إلا فكرة هلامية عن الزمن، أجَلُ العالم الأصغر، لا أمد العالم الأكبر، كما يحدده تعاقب الليل والنهار المنظم لدورة الحياة.. حاول ترتيب حياته على عالم زنزانته، غير أنه لم يستطع لعدم انتظام ذلك العالم.. فمثلا كان صوت مَانِكي ينبعث في الغرفة بطرق مختلفة، يرن في جملة واحدة أحيانا، وأحيانا يتدفق في خطاب طويل.. حاول أن يضبط الفواصل بالعد.. استطاع أن يعد من واحد إلى عشرة

48

دون أن يسمع صوت مَانِكي وأحيانا يصل إلى عشرين وثلاثين وحتى إلى مائة، وفي مرة استمر العد حتى نام دون أن يسمع الصوت.. يبدو أن عدم الانتظام مراد من أجل محو المعالم.. ثم لم يعد يعرف من هو.. فقد الذاكرة، فقد إدراك ذاته في فوضى عالم الزنزانة، تحول حبه إلى بصيص خافت بعيد المنال.. لكن أي حب؟ لم يكن بالقطع حب مَانِكيا-الزنزانة، هذه التي يمقتها.. ليس هذا المسخ هو الذي أحب ولا مَانِكي هذه الغول.. بدأت حدود العالم تنتهي مع حدود الزنزانة.. عندما يحاول طمأنة نفسه بأنه قد كان زمان احتفظ فيه بذكرى الأشخاص والمواقف التي تثبت وجود العالم الخارجي، وجود لا يعتريه شك، يبطل عالم الزنزانة مفعول هذه الذكرى، بل ينفيها من أصلها.. نسي حياته السابقة كمن تناسخت روحه في حيوات عبر الزمان!

في يوم أو ليلة – لم يعد يميز بين الاثنين – أثبت العالم الخارجي وجوده؛ دخل خُنَاثَة في زنزانة آدم.. كان كل منهما ينظر إلى الآخر كما لو كان يراه لأول مرة..

- صباح الخير آدم!
- صباح؟ في أي يوم نحن؟
- يوم الأربعاء!
- الساعة؟
- منتصف النهار، الشمس معتدلة فوق رؤوسنا!
- هل ما زالت تطلع وتغيب؟
- لم يفهم خُنَاثَة معنى السؤال؛ جعله من باب هذيان العشاق المعروف.. سأله آدم:

49

- هل مضى زمن طويل؟
- نعم مضى زمن طويل؛ هل ما زلت تحب مَانِكي؟
- أي المانكييات؟
- تلك التي تعرفت عليها في الخدمة المختلطة!
- تلك؟ نعم ما زلت أحبها!

يبدو أن خُنَاثَة كان ينتظر جوابا آخر.. بقي صامتا ينتظر إضافة، لكن آدم لم ينبس ببنت شفة.. قال خُنَاثَة:

- قابلتها، كادت أن تصاب بالجنون...
- هل ما زالت تحبني؟
- نعم ما زالت تحبك! بدأت أمس الفترة الثانية من إعادة التأهيل..
- الفترة الثانية؟
- نعم، فترة إعادة التأهيل الجنسي من أجل العودة إلى عادة السحاق..
- خُنَاثَة، بما أنك تمثل أصل الحب وغايته، تمثل رمز السعادة قبل الانفصال، لماذا تتمادون في ملاحقة العشاق؟
- أنا هنا من أجل مساعدتك!
- قل لي إذن كيف أخرج من هذه الزنزانة؟
- يجب أن تثبت عدم حبك لمَانِكي.. ستبدأ غدا المرحلة الثانية من إعادة التأهيل، ولن تنتهي إلا بعد أن تعود إلى اللواط الذي هو عادة الرجال.. فقط بعد انتهاء تلك الفترة يمكنك التأهل لاختبار إطلاق الحرية.. لكن إذا اكتشفوا أنك ما زلت تحتفظ ببقية عاطفة، فسيرجعونك إلى بداية المشوار!

اختفى فجأة كما ظهر.. وجد آدم نفسه وحيدا في زنزانته.. «توصلت إذن إلى اجتياز المرحلة الأولى دون أن أصاب بالجنون، دون أن أفقد حبي؟».. كان يتساءل هل ما زعمه خُنَاثَة من أن مَانِكي ما زالت تحبه حقا.. «إذا كانت قد احتفظت بحبها فذلك انتصار كبير.. لكن يجب عليها أن تخفي حبها وإلا فلن تخرج من السجن!»..

ما الحب دون المحبوب؟ هذا ما كان آدم يود اكتشافه.. ألم تثبت التجربة المذهلة في الزنزانة أن المحبوب يمكن فصله عن الحب؟ «ألم تتحول مَانِكي من محبوبة إلى عدو بغيض لحبنا، بمفعول عالم الزنزانة الرهيب؟ مَانِكي هي التي تتكلم وتظهر في صور عدوانية لتحدث النشاز والكراهية، لا يهمني أن هذا مجرد تلفيق كاذب حول صورتها، ما يهمني هو أن تلك الصورة أمكن توظيفها في مكيدة تستهدف تحطيم حبنا! لكن الذي ظهر معاديا لم يكن إلا صورة خيالية لجسم المحبوبة.. ثم إن هذه الصورة تبدو أحيانا كثيرة منافية لواقع مَانِكي وحقيقتها.. إذا كان بإمكان صورة المحبوب أن تنفر من الحب، فإن ذلك يثبت أن الحب يمكنه القيام دونه...»..

توقف الجلد في الزنزانة، بعد فترة وجيزة من ظهور خُنَاثَة.. في يوم أو ليلة من الليالي والأيام، فُتح باب الزنزانة الذي تدفق معه موج المحيط الخارجي.. تلاشت بأعجوبة أصوات الضجيج المنبعث من أعماق الجسد، ومع أصوات المحيط الخارجي الأليفة استعاد آدم عافيته، استرجع وعيه بذاته وأحلامه الوهمية.. لكنه لن ينسى أبدا ذلك الصخب المرعب

الدفين.. الشخص الذي دخل من الباب هو الرجل نفسه الذي أدخل آدم في الزنزانة..

ـ إذا صدق خُنَاثَة، فإنك تكون قد بدأت السير في الطريق الصحيح! تعال معي سأحولك إلى مقامك الجديد!

"المقام الجديد" عبارة عن غرفة أوسع قليلا من الزنزانة الأولى، لكنها تفضلها بميزة لا تقدر بثمن: كانت لها نافذة تطل على جدار عال لا يدرك البصر مداه.. الأثاث وثير.. ينابيع العالم الخارجي، بأصواته الهادئة وأنسامه اللطيفة، تروي عروق الحواس.. الضوء المتدفق من النافذة يسمح بمواكبة الليل والنهار، على الرغم من أن مدى البصر كانت تحتله الحديقة. إلا أن هناك أفقا آخر قد يكون أشد إغراء: ثقب الباب الذي يسمح بمراقبة الممر والشخوص والأشياء التي تمر في ذلك الحيز. ثمت أيضا أجهزة الهُولُوفَازْ المفتوحة دائما، أجهزة ليس لآدم عليها من حول ولا طول، لا يمكنه إسكاتها ولا حتى تغيير القنوات.. أربع شاشات فسيحة مغروزة في الحيطان ليست لها أزرار ترى، ولا أجهزة تحكم عن بعد، تتدفق برامجها بلا انقطاع.. حاول مرات تهشيمها، لكن بدون جدوى..

البرامج المتدفقة تتتابع دون تغيير.. كانت مصممة لتحرر المشاهد من أوهام الحب وتبرز له مخاطره.. البرنامج الأكثر تكرارا طاولة مستديرة، تشارك فيها امرأة استضافوها بمناسبة ظهور كتابها المثير للجدل، "أكذوبة الحب"؛ ثمة مدعوان آخران في البرنامج، أحدهما ألف كتابا عن تاريخ الحب في الحضارات القديمة، أما الآخر فقد أخرج

52

فلما قصيرا حول العدوانية التي تؤسس العلاقات الجنسية.. يستهل البرنامج بعرض مباشر للفلم المذكور.. يبدأ الفلم بمشهد عن كثب لفتاة تفوح شهوانية.. تبدو الفتاة كما لو كانت طريدة.. حضورها يكاد يخرق الشاشة، تحس حرارة أنفاسها.. جسدها كائن حي يداعب الكاميرا في خلاعة.. استمر هذا المشهد أكثر من دقيقة إغراء بالقتل، ثم ظهر رجل.. لم يكن يبالي في البداية، ثم بعد ثوان بدأ مفعول جسم الفتاة عليه؛ ثارت حواسه بعنف رهيب، كما لو كان يريد الخروج من إطار جسمه.. الآن بدأ ينظر بشره إلى الفريسة الشهية.. اتسعت العدسة لتضع الرجل والفتاة في المحيط الطبيعي من حولهما.. لن يتوقف الاندفاع الجارف نحو الآخر إلا بالالتحام أو الموت.. توقف الفلم ورجع مشهد الاستديو إلى الشاشة، كالضوء إلى قاعة عرض الأفلام.. تدخلت المرأة الكاتبة قائلة:

- لسنا بحاجة إلى معرفة مخرج هذا الفيلم لنتبين أنه رجل! عُرضت المرأة في هذا الفيلم كعامل يدخل الاضطراب في مجرى الحياة الهادئ.. تظهر المرأة كما لو أنها هي التي تحدث العنف والرغبة وتبعث الحب.. وهذه مغالطة لأن المرأة ليست آلة إثارة.. وإذا كانت تعرض نفسها في بعض الأحيان لإثارة الرغبات فذلك ليس حكرا عليها...

- ليس عندي موقف مسبق من النساء! أردت فقط تصوير الرغبة كما تحدث بين النساء والرجال.. فالواقع الذي لا يمكن نفيه هو أن المرأة لها ملكة إثارة الرجال وتبرز هذه الملكة الخارقة من موقفها غير الممانع الذي يجعل منها آلة لإشباع الرغبة.. نحن نعلم أن الحب في الأصل هو بحث الرجل عن المرأة.. وبما أن الرجل يتخذ دوما زمام المبادرة، تضع المرأة نفسها في موقف الآلة.. لا أريد بهذا القول إن النساء أجمل أو أكثر إثارة للرغبة من الرجال، لكن، من موقفهن غير الممانع، يثرن رغبة الرجال ويطمحن للاتحاد معهم؛ وإن تمنعن فهن راغبات.. فالمرأة إذن

هي المثيرة للحب، إنها المسؤولة عن العواقب الوخيمة للحب.. إلا إذا كان الرجل قد وصل به الجنون إلى تخيل الرغبة والمرغوب فيه...

قال الصحفي مقاطعا السينمائي:

- هذا لا يهمنا! المهم هو أن نعي جميعا، رجالا ونساء، مخاطر الحب ونعقد العزم على محاربته!

تدخل المؤرخ قائلا:

- لن يتوصل إلى ذلك إلا بمعرفة تاريخ الحب والكوارث التي أحدثها في الزمن القديم.. أول كارثة أحدثها الحب كانت تلك التي أهبطت آدم من الجنة.. المرأة هي التي أغرت آدم بالأكل من الشجرة، مسببة الشقاء الإنساني.. ومنذ تلك الحقبة والحب ما يزال يزرع المرض والموت الزؤام بين البشر.. لقد تغذت الحروب من الحب، ما زلتم تتذكرون الحرب الأهلية التي دمرت البشرية والتي أدت إلى الفصل بين الرجال والنساء كعلاج لمرض الحب.. قبلها حاولت البشرية إيجاد حلول كثيرة، كان أشهرها وأعمها قيام مؤسسة الأسرة على الزواج.. ظنت البشرية أن هذه المؤسسة ستحتوي طاقة الحب المدمرة، غير أن الأسرة اندثرت بعد فصل الإنجاب عن ممارسة الجنس.. إن فشل الزواج كان نتيجة لطبيعته ذاتها.. الخطأ الجسيم في مؤسسة الزواج هو أن أسسه قامت على تدجين الرجال وتجاهلت المرأة.. حاول الزواج استكانة الرجل للمرأة.. لهذا السبب، لم تغير الأسرة إلا الرجل.. بقيت المرأة على سجيتها.. تم تحويل رغبة الرجال إلى حب وشهوتهم إلى عاطفة؛ وُظّفت الرغبة لدى الرجل في العمل والحب والأسرة، وارتبط كل رجل بأبنائه.. تحول الصيادون إلى آباء.. وتحولت إرادة السيطرة إلى قوة العمل.. بنيت الأسرة على أساس أن كل الخطر يكمن في الرجال وأن المرأة لا تمثل

أي خطر.. أحدثت الحب وحولت الرغبة إلى خطيئة ثم أفسدت رغبة الرجال بفصلها عن الإنجاب وحولت الشهوة إلى وظيفة فارغة.. بفصلها عن الإنجاب، أطلق للرغبة زمامها محدثة الدنس والمرض والموت.. أصبح الجنس خدعة منافية لطبيعة الإنسان.. استسلمت البشرية للإفراط، واثقة من العلم في علاج الآفات التي سببها؛ لم تدر أن الإفراط هو الموت!

وجه الصحفي سؤاله إلى المرأة الكاتبة:

- ما هو تقييمك لوجهة نظر المؤرخ الذي يرى أن تاريخ الحب هو تاريخ وهم بدأ لعنة وانتهى انحرافا؟

- يمكنك أن تسميه انحرافا أو لعنة، المهم هو أن النساء لا يثقن في الحب، حتى لو أوهمن الرجال عكس ذلك.. الواقع أن تاريخ الحب لا يهم النساء.. طبيعة المرأة بقيت كما هي.. ظن الرجال أن الأمومة هي حل لغز المرأة، لكن عند ما انفصلت الأمومة عن المرأة، باستحداث التكاثر الأنبوبي، بدا هذا اللغز أكثر تعقيدا.. إن هذا اللغز في الواقع يمثل خداع الرجل لذاته: يضع الرجل صورة للمرأة وتتقمص هي تلك الصورة دون أن تربطها بحقيقتها! فالمرأة يمكنها تقمص شخصيات عديدة وأرواح بديلة.. لكن هذه الشخصيات والأرواح ليست إلا أقنعة تخفي شخصيتها الحقيقية، مرايا تعكس فيها عواطف الرجال وأوهامهم.. لذا تبدو محايدة كما لو أنها ليست لها حياة تخصها.. يقترح الرجل على المرأة صورة وهمية تعكس رغباته، فتتقمص تلك الصورة لتعكسها له.. في الواقع، لم نعط أبدا للرجال إلا تلك الأقنعة الفارغة، لأن الرجال متكبرون، عاجزون عن اكتشاف أي شيء لا يعكس صورتهم الذاتية.. ينظرون إلينا ويدّعون أنهم يبحثون عن نفسياتنا، غير أنهم لن يكتشفوا إلا أوهام خيالهم.. نحن مرايا هذا الخيال، نعكس صورة طبق الأصل لأوهام

55

نستعيرها لحظة، نتجمل بها كبرقع من رغبات الرجال.. فاللذة التي تهم الرجال على درجة كبيرة ليست إلا تمثيلا وتصنعا عند النساء.. لا يعني ذلك أن النساء يفتقدن التلذذ، لكن تلذذنا لا يناله الرجال.. أردنا تحويل الرغبة إلى عاطفة لأن الرجال يجذبونها إلى ما تحت السرة.. أراد الرجال استعبادنا داخل مؤسسة الأسرة، لكننا تحايلنا وانتزعنا منهم السيادة.. بعد فشلهم في فرض سيطرتهم، بدأوا يتغنون بالمساواة والانسجام المقدر بين الجنسين.. وادعوا أنهم بالحب سيصنعون سعادتنا، قد يحتاجون إلى قوة إقناع خارقة ليثبتوا لنا أنهم يستطيعون ضمان سعادتنا.. كم كان زَرَادَشْت صادقا عندما قال: "ما أفقر النفوس في الزواج! ما أقذر النفوس في الزواج! ما أردأ النفوس في الزواج!"..

6

خُنَاثَة يبوح بسر الحب

عانت مَانِكي كثيرا في المرحلة الأولى من إعادة التأهيل.. خضعت بدورها للمهزلة البغيضة حول صورة المحبوب، لم تكتشف إلا بعد لأي مغزى تلك الطريقة الوحشية لغسل الدماغ.. لم ينقص اكتشاف الخديعة من مفعولها: اسم آدم وصورته وذكراه أصبحت لا تطاق.. مع نهاية المرحلة الأولى، بدت متأكدة من مقتها لآدم.. لكن الآن، وبعد بدء الفترة الثانية.. لم تعد متأكدة. كان لآدم حضور ثنائي في ذاكرتها: هناك المحبوب الذي تعرفت عليه في امتحان الكفاءة للخدمة المختلطة، والذي تنامى حبه حتى شغاف قلبها.. وفي المقابل يوجد الرجل الجلاد الذي رافق تعذيبها طوال المرحلة الأولى من إعادة التأهيل، والذي سخر صورته لتحطيم حبها.. تتأرجح ذاكرتها الآن بين هاتين الصورتين المتناقضتين..

كل شيء في حياتها الجديدة يجعلها تنسى آدم والرجال بصورة عامة.. فمن حولها لا يوجد إلا النساء اللائي يتقاسمن معها جميع أوقات

57

حياتها.. لم يعد يذكرها بالرجال إلا سجنها وزيارات خُنَاثَة النادرة.. لقد تعرضت في مركز إعادة التأهيل للعذاب الشديد، حتى إنها بدأت تتساءل هل سيكون مصيرها الجنون إلى الأبد.. حاول خُنَاثَة طمأنتها خلال زيارته الأخيرة، حتى ظنت أنه متواطئ معها في حبها.. قال لها مرة:

- أظنك ستجتازين المأساة! المهم في هذه الفترة الثانية من إعادة التأهيل هو أن تجدي أنت وآدم حيلة للسمو بحبكما حتى تفصلاه عن جسديكما!

- كيف نسمو بحبنا؟

- تحولانه إلى حب عذري!

- كيف؟

لم يقبل إضافة شيء في ذلك اليوم.. فكرت طويلا بعد مغادرته.. ماذا يبقى من الحب إذا انتزعت منه رغبة الأجساد؟ لاحظت مرات عديدة أنها يعتريها نسيان آدم وعندما تسترجع ذكراه، تجده في نفس المكان من ذاكرتها، مختبئا في شرنقته العاطفية.. قد يكون حبه هو استمرار وجوده في هذا المكان نفسه من الذاكرة.. إذا صح هذا فإنه يمكن المحافظة على الحب دون المحبوب...

لم تبني صداقات منذ قدومها إلى مركز إعادة التأهيل، على الرغم من أن كثيرات شاركنها في مختلف البرامج.. غير أن كلا كانت تبدو حذرة من رفيقاتها.. ثمة نساء مسنات كررن مشوار إعادة التأهيل عشرات المرات، معظمهن سيقضين حياتهن في المركز.. كن يعرفن بالمُرَزَّءَات. كانت مَانِكي تحبذ معاشرتهن، تسألهن عن مأساتهن، ما قصة حبهن؟ كيف فشلن في اختبار إطلاق الحرية؟ تعلمت منهن الكثير عن

الأخطاء التي يجب تفاديها عند الاختبار.. اكتشفت بفضلهن الكثير من أسرار مركز إعادة التأهيل..

تجرى بعض التجارب على الهرمونات الجنسية وتأثيرها على العناصر البيولوجية والسيكولوجية وعناصر الشهوة.. تستخدم النساء في هذه التجارب كفئران المخابر.. أول يوم أخضعت فيه مَانِكي لتلك التجارب، حقنوها بمادة البْرُوجَسْتُورُونْ، الهرمون الأنثوي الذي يحدث الجفور.. استمرت تلك المعالجة طوال الفترة الأولى من التجربة.. في البداية، تغير إحساسها بجسمها، ثم بدأت تنظر إلى جسدها كجسم غريب.. طوال مدة تلك العلاجات رافقت مَانِكي إحدى المراقبات، كلفت بإرجاعها إلى السحاق.. كانت تمارس معها أنماط الحياة الجنسية، ثم تقيس درجة الشبق عندها، مسجلة جميع المعطيات في جهاز تحمله معها.. قبل حقنها الهرمون الأنثوي، كانت مَانِكي تحس جسدها، تلتذ حتى بمجرد تذكرها مواقف مثيرة، أو حتى بمجرد أن تضم فخذيها.. تتذكر أنه بعد فصلها عن آدم كانت تبلغ منتهى لذتها بمجرد العادة السرية.. في المرحلة الأولى، بعد وصولها إلى مركز التأهيل، راودها الشبق مرارا عندما كانت تلامسها المراقبة.. لم يمر أسبوع من الحقن بالهرمون الأنثوي حتى فقدت حاسة الشهوة.. كان لزاما على المراقبة أن تلجأ إلى جميع الحيل وتمارس معها طويلا، قبل أن ترصد بصيص لذة عابر.. كلما انتهت من الممارسة مع مَانِكي تتوجه إلى جهاز قرب النافذة.. تبقى طويلا مداعبة ملامسه، كما لو كانت تعزف البيانو، ثم تتوقف، تبقى محدقة في الشاشة المعتمة حتى يظهر عليها خط متكسر منحن.. تراقبه برهة، ثم تضغط على زر.. ينمحي الخط وتتعتم الشاشة.. عندها تخرج ، مغلقة باب الغرفة..

59

ما كانت مَانِكي تفهم معنى هذه اللعبة حتى أدركت العلاقة بين الخط المتكسر المنحنى على الشاشة ودرجات تلذذها في الأوقات التي تمارس فيها مع المراقبة.. في البداية كانت الخطوط المنحنية صاعدة، ثم بدأت في الهبوط بعد أسابيع، حتى أصبحت الآن مسطحة.. هذا الاضطراب في مؤشر اللذة عند مَانِكي رافقه تغير في ذاكرتها.. هكذا تغيرت تدريجيا صورة آدم.. قبل العلاج بالهرمون الأنثوي وتأثيراته، كانت هذه الصورة مشحونة بالرغبة والتلذذ.. لكن الآن، مع تلاشي حاسة اللذة، أصبح آدم مجرد صديق، قضى الهرمون الأنثوي على البعد الجنسي لصورته، كما قضت على الرغبة عندها هي.. بدأت تعتبر الجنس أمرا دنيئا وقذرا، تنفر منه.. ثم كرهت جسدها؛ بدا لها مقززا، كما لو كان انسلخ عنها ولم يعد لها.. يرتكز العلاج بالهرمون الأنثوي على فكرة مفادها أن الحب العاطفي ليس إلا تجليا للرغبة في المخيلة.. إذا صح ذلك يكفي القضاء على اللذة ليتلاشى ظلها في المخيلة.. أعطت هذه التجربة نتائج متباينة: لقد اختفت اللذة تماما عن بعض الخاضعات لإعادة التأهيل وانمحت العاطفة إثر ذلك.. لكن عند البعض أخذت العطفة مكان اللذة.. ذلك ما جرى لمَانِكي، اشتدت عاطفتها تجاه آدم وفقدت بعدها الشبقي.. تكشف لها الحب خارج الرغبة الجنسية بفضل البْرُوجَسْتُورُونْ.. الواقع أن اللواتي فقدن حبهن مع فقدان اللذة ما كن يعشقن حقا.. لم يكن حبهن إلا ظلا خياليا لرغبتهن، مجرد عاطفة وهمية.. لا يعشق إلا اللواتي احتفظن بعاطفتهن بعد موت الرغبة التي كانت تغذيها..

مع نهاية العلاج بالهرمون الأنثوي استدعيت مَانِكي من طرف المشرفة العامة.. كانت في الأربعين من عمرها، محتفظة ببقية ملاحة وقبول.. شعرها الأشهب قص قصيرا جدا، فوق جبين عال فسيح.. أنفها دقيق، تنتاب منخره الأيسر خلجة طفيفة.. عيناها النجلاوان مروعتان كعيني منوم مغناطيسي، تنفذان إلى الأعماق.. شفتاها الممتلئتان، بلون وردي زاه، تختلجان في شهوانية مفرطة.. عندما دخلت مَانِكي نظرت إليها طويلا، طلبت منها الجلوس وجها لوجه، وهي لا ترفع بصرها عنها، كما لو كانت تريد تنويمها مغناطيسيا.. ذُعرت مَانِكي بسبب تلك النظرات النافذة.. كانت تعلم أن المشرفة ستستجوبها عن عاطفتها تجاه آدم، ما قوى من عزمها على إخفاء الحقيقة..

- هل فكرت في آدم أحيانا منذ قدومك هنا؟

رخامة صوتها تتباين مع نظراتها الحازمة الصارمة..

- لا!...، أعني لا، أبدا!... بدأت أنساه مع قدومي إلى هنا!
- هل ما زلت تحتفظين ببقية من حب آدم؟
- لا! لا شيء! لم أعد أبالي بوجوده...

هبت المشرفة واقفة، قامتها الطويلة تبرز أنوثة جسدها، لكنها أيضا تنبئ عن قوة خارقة.. رفعت يدها وصفعت مَانِكي بعنف ثم جلست قائلة:

- الآن سنعود إلى البداية!

كانت الصفعة عنيفة سقطت جراءها مَانِكي.. نبرة صوت المشرفة لم تترك مجالا للشك في أن عليها أن تدلي بالحقيقة.. ثم إن مَانِكي علمت من المُرَزَّءَات أن المشرفة تحقن السجينات بمخدر يحدث هلوسة تهذي صاحبتها بمكنونات أفكارها.. استأنفت المشرفة الاستجواب من بدايته:

- هل فكرت في آدم منذ قدومك هنا؟
- ذكراه ما زالت قائمة تسكن أعماقي، كنفس حياتي!
- هل ما زلت تحبينه؟
- نعم أحبه! ازداد حبه عندما اكتشفت أن هذا الحب يتجاوز الرغبة الجسدية!
- ما الذي يجمع بينكما؟
- إننا قرينان يجمع بيننا انسجام مقدر!

توجهت المشرفة إلى غرفة بجانب مكتبها.. أحست مَانِكي بالارتياح لإدلائها بكل الحقيقة مفرجة عن نفسها.. لكنها كانت تخشى العواقب التي قد تترتب على اعترافاتها.. أدركت خطورة موقفها وهي تنتظر المشرفة متأثرة بعد استجوابها العنيف: «قد أموت هنا، قد يحدث ذلك سريعا في أيام أو أسابع، قد يحدث ذلك بسب التجارب التي أخضع لها.. ما القدر المحتوم الذي ألقى بي بين يدي هذه الغول؟ لم أرد الحب! أصابني كمرض عضال! لم أتعرف على الحب إلا بعد فوات الأوان.. ليس المرء حرا في حبه، الحب قدر مقدور...» دخلت المشرفة ترافقها المراقبة..

- خذيها الآن، ناوليها العلاج الذي وصفت ابتداء من غد!

أشارت المراقبة إلى مَانِكي لتتبعها.. استجابت مستسلمة منصاعة.. لكن ذلك الاستسلام وذلك الانصياع ليسا إلا تظاهرا.. في أعماق نفسها يوجد حزم صارم لمواجهة القدر.. عندما خرجت من البناية رفعت طرفها.. كانت السماء دانية بلونها الرصاصي، بدت ملتحمة بالأرض والكائنات التي تسكنها.. الضباب الكثيف المبلل قليلا يلبد الأفق القريب جدا.. الكائنات والأشياء فقدت خصوصيتها، يغشاها دخان زاحف عديم الرائحة، لونه مائي.. على اليمين، استطاعت أن تميز الطابق الأول

ونصف الثاني من عمارة راسخة في الأرض؛ تبدو مقاومة لشره السماء الذي ابتلع جزءا منها.. ينعكس لون الضباب على زجاج نوافذ طابقها الأسفل.. من وراء زجاج النافذة الثالثة، بعد بوابة المدخل، يظهر، بعد النظر بتمعن، وجه بشري يتراءى مستغيثا.. قد يخفى ذلك الوجه الشاحب على المارة.. بيد أن مَانِكي لم تعد تغفل عن شقاء البشر.. صارت ملامح أي وجه مكروب أفصح عندها من كل الخطابات... المراقبة تمشي مطأطئة رأسها قدام مَانِكي، يفصل بينهما أقل من المتر.. منكباها منحدران تحت عبء تفكيرها.. شخصها الضخم ترك هنا صدفة، ينساب مع الموج، متوهما أن له هدفا، ولن تستيقظ من ذلك الوهم إلا بعد فوات الأوان، عند موتها...

بعد وصولهما إلى غرفتها حاولت مَانِكي معرفة طبيعة الوصفة التي أعطتها المشرفة.. لقد قررت إعادة الإحساس باللذة إلى جسم مَانِكي، وصفت الحقن بالهرمونات الذكرية حتى تسترجع مَانِكي حسها الشبقي.. بدأت المراقبة تناولها عشرين حقنة يوميا، كل حقنة تحتوي على عشرة جرامات من ابْرُوبْيُونَاتْ التَّسْتَسْتيرُونْ، أي ما يساوي مائتي جراما يوميا من ملح هرمون الذكورة العضوي.. بعد ثلاثة أيام من تناول الحقن، كسا جسمها الشعر، حتى إن ثدييها غطتهما جزة من شعر أسود.. جش صوتها وخشن؛ أرعبها هذا التغير السريع.. كانت المراقبة تلجأ قبل كل حقنة إلى الاستعانة بزميلاتها للسيطرة على مَانِكي..

في اليوم السابع زراها خُنَاثَة.. لم يشخ، لكن مَانِكي كانت متأكدة من أن زمنا طويلا قد مضى بعد زيارته الأخيرة.. لم يستغرب حالة

مَانِكي، التي استقبلته و هي جالسة على ركن من السرير، ترتدي قميصا حريريا مفتوحا على صدرها الأشعر و على الفخذين.. كان خُنَاثَة يحدق في صدرها المكشوف؛ بدا مفتونا بالثديين الناهدين الأشعرين، كان يشتهي بمداعبتهما.. قال محاولا إخفاء رغبته:

ــ لقد قابلتُ آدم...

ــ حقا؟ ــ قالتها بصوت أجش دوى في أرجاء الغرفة ــ إنه شديد البعد وقريب في نفس الوقت! أتحمل كل عذابي هنا من أجله، لكنني أخشى ألا أراه أبدا!

قال خُنَاثَة في نفسه: «ما أغرب هذا الصوت الكهفي! و ما أبعده من صوت مَانِكي!».

ــ خُنَاثَة، أنت تعرف ما أعانيه هنا، وتعرف أنني مصابة وأنني لن أشفي من مرض الحب، لكن لا أعرف كيف أصبت! أنت الملم بأسرار الحب، ارحمني! قل لي لماذا أصبت بهذا الهيام؟ قد يخفف ذلك من ألمي!

ــ سألت عن أمر عظيم! لم يسبق أن أفشيت سر الحب لأحد! إن بحت به لك فقد تفقدين حبك، لأن الحب يحتاج للانخداع! لو بحت لك بسر الحب فستفقدين أوهامك.. عندها ستحملينني مسؤولية فقدان شيء لا يعوض! أعرف أنك تتعذبين الآن وترجعين عذابك إلى الحب.. لكنك إذا اكتشفت سره فسيضيق عنه صدرك، وينسلخ منك، كضوء النهار من غرفة غلّقت أبوابها ونوافذها...

ــ لا تخش شيئا! إذا كان الحب لا يقوم إلا على الوهم فلن أصاب بالندم عند فقدانه! ثم إنني لست متيقنة من أنني أريد الاحتفاظ به!

ــ اعلمي أن الحب نعيم يبحث عنه الكثيرون مدة حياتهم دون العثور عليه، ومن بين المحظوظين الذين يعثرون عليه، قليل هم الذين يحتفظون

64

به! أول من فك لغز الحب هو أفلاطون، فيلسوف قديم فقدت اليوم أعماله.. يقول أفلاطون إن طبيعتنا الأولى كانت تختلف عن طبعتنا الحالية، وأن الحب لم يكن معروفا.. في البداية كان الجنس واحد، خلافا للجنسين الموجودين اليوم.. لم يكن يوجد إلا الجنس الخنث، الذي كان له صفات الرجل والمرأة.. كان لكل إنسان شكل مستدير، ظهره وخواصره دائرية، وله أربع أيد وأربع قوائم، ووجهان متماثلان على رقبة أسطوانية ومن فوق هذين الوجهين رأس واحد، وأربع آذان، وجهازا تناسل والباقي على غرار ذلك.. يقف عمودا ويسير مستقيما في الاتجاه الذي يريد.. عندما يسرع في الجري، يجرى كالبهلوان، مرة على رجليه وأخرى على يديه رافعا قدميه إلى السماء، يدور محوريا بسرعة.. كان مدورا ومشيته كذلك.. كان الأخناث يتميزون بقوة وصلابة خارقة؛ وبما أنهم شجعان حاولوا الصعود إلى السماء لمحاربة الآلهة.. عندها تشاور زَيُوسْ مع بقية الآلهة لإيجاد الرد المناسب.. كان الأمر مربكا.. لا يمكن للآلهة أن تقتل العصاة وتفني الجنس البشري بالصواعق كما أفنت العمالقة.. لأن فناء البشر يعني نهاية عبادة الآلهة.. ومن ناحية أخرى كان لزاما على الآلهة أن تعاقب العصاة.. في النهاية وجد زيوس مخرجا: "أظن أن الطريقة المثلى للمحافظة على بقاء النوع البشرى، مع وضع حد لفجورهم هي الحد من قوتهم.. سأقسم كل واحد منهم إلى نصفين وبذلك نحصل على نفعين، نكون قد أضعفنا من قوتهم وزدنا من عباداتهم لأنهم تكاثروا.. وإذا استمروا في عصيانهم ولم يريدوا الهدوء، فسأقطع النصف نصفين!".. هذه هي الوضعية الأخيرة هي التي نعيش محنتها اليوم.. في المرة الأولى شطر زَيُوسْ كل بشر إلى نصفين كما تقسم البيضة.. كان كلما شطر واحدا يأمر أَبُولُونْ بضم وجهه ونصف عنقه إلى مكان القطع حتى يشاهد هذا النصف البشري محل قطعه ليكون أكثر تواضعا.. ثم يلائم بين ما تبقى.. يرد الوجه ويجمع الجلد إلى ما نسميه

الآن البطن، بضمه إلى الوسط، في ما يعرف اليوم بالسرة؛ ثم يملس طيات الجلد، ما عدا ثنيات البطن والسرة للتذكير بالعقاب..

» عندما قُسمت الأجسام إلى نصفين بدأ كل نصف يحن إلى نصفه وطلبه، كل يضم الآخر ويقبله جاهدا في محاولة إعادة الاتحاد.. ثم بدأت الأنصاف تموت جوعا وهي لا تتحرك لأنها لا تريد التحرك إلا مع أنصافها.. عندما يموت نصف ويبقى الآخر على قيد الحياة يبدأ البحث عن نصف آخر ليحل محل الذي فقد.. بدأ البشر ينقرضون.. أحس زَيُوسْ بالشفقة اتجاههم فأوجد مخرجا آخر: جعل في كل نصف جهاز تناسل.. بدأوا يتعانقون ذكرانا وإناثا.. كان لذلك مغزيان: إذا أتى الرجل المرأة يحصل التناسل وتتكاثر البشرية، وإذا أتى الرجلُ الرجلَ أو المرأةُ المرأةَ فسينفصل كل عن الآخر بعد إشباع رغبته ويرجع الكل إلى العمل من أجل تلبية حاجيات الحياة.. هكذا وجدت غريزة الحب البشري.. يحاول الحب إعادة الطبيعة القديمة، يتحد المحبان في كائن واحد ليشفيان طبيعة البشر..

» ظهر الحب بعد عقاب الآلهة والانقسام الذي سماه علم الأحياء فيما بعد بالتبدل الفجائي أو الانقسام الاختزالي الذي ينتقل بالوراثة.. حدثت هذه الطفرة مع الانقسام الأول، بدون تكاثر، الذي ظهرت بموجبه خلايا بعدد من الصبغيات من خلايا بذلك العدد مضاعفا.. يتم هذا عن طريق الانقسام الاختزالي، أي نقصان عدد الصبغيات عند تكوين أمشاج الجيل الثاني.. تنقسم تلك الخلايا إلى نصفين يبحث كل منهما عن الآخر.. هكذا تبدأ في التجاذب ثم تتلاقى لتولد كائنا واحدا هو البويضة.. لا تحتوي

الخلايا التناسلية إلا على ثلاثة وعشرين صبغيا، فقدت الخلية الأولى نصف صبغياتها خلال نموها.. لكن صبغيات الخلية البشرية التي يصل عددها إلى ستة وأربعين لا تكتمل إلا مع التناسل.. هذا هو ما رمز له أفلاطون عندما قال: "إن انقسام الإنسان إلى نصفين هو أصل الحب، وإن الحب يعيد الطبيعة الأولى، يوحد كائنين في واحد، شافيا الطبيعة البشرية"...«

قاطعته مَانِكي سائلة:

- كيف تم القطع الثاني؟
- العدد المتساوي من الصبغيات الذكرية والأنثوية يجعل فرص إنجاب الذكور والإناث متساوية.. سبب انتهاك هذا القانون واختيار جنس البويضة خراب المجتمع البشري، الذي نتج عنه واقع التفرقة الذي نعيشه اليوم.. بما أن البشر أنصاف، وبما أنهم معرضون للموت، فهم يبحثون عن التكامل وعن الخلود.. هذه الرغبة والتوق إلى الخلود هي التي نسميها حبا.. خصب البشر هو الذي يدفعهم إلى الإنجاب.. في البداية كان الحب إنجابا في اتّحاد بين الرجل والمرأة.. الإنجاب يخلص الاثنين من ألم الرغبة.. يبحث عن الجمال من يتوق إلى صورة نصفه من أجل التكاثر... فإذا اقترب من الجميل أصابته النشوة والفرح.. عندها يغتلم ويتكاثر.. وبالعكس إذا صادفته الدمامة يعبس ويحزن، ينكمش على نفسه، يصد صدودا ولا ينجب؛ يحتفظ ببذرته متألما.. هنا يكمن سبب الحبور الذي يعتري الإنسان الخصيب عند ما يرى الجمال، لأنه ينقذه من ألم الرغبة، لهذا يكون الحب هو الرغبة في التكاثر والإنجاب في الجميل..

» كان ذلك هو معنى الغريزة الجنسية في البداية، لكن ما يميز تلك الغريزة هو أنه يمكن أن تستبدل غايتها دون أن ينقص ذلك من قوتها.. في البداية كان الحب تكريسا لغرضين، أحدهما ضروري وهو الإنجاب، والآخر ممكن، لكنه قد يكون ضروريا في بعض الظروف، وهو اللذة.. لهذا وجدت ثلاثة خيارات: الأول هو اللذة دون الإنجاب، الثاني يتمثل في اللذة مع الإنجاب، والثالث هو الإنجاب دون اللذة.. لكن الطبيعة ربطت بين اللذة والإنجاب، ولم يفرق بينهما إلا المجتمع البشري.. وقع هذا الفصل بين اللذة والإنجاب بصورة تدريجية.. ففي المجتمعات القديمة ارتبط الحب بالإنجاب، لذا اعتبروا الحب من أجل اللذة عصيانا.. لكن مع السيطرة العلمية على الإنجاب، انشغل البشر في البحث عن اللذة وفرقوا بين الإنجاب والحب، بإسنادهم التكاثر للوسائل التقنية، ما أدى إلى فصل مجتمع الرجال عن مجتمع النساء.. هكذا تم الفصل ثانية وبلا رجعة!»..

لما لاح الصباح سكتت خُنَاثَة عن الكلام المباح.. لم تتعرف مَانِكي على حبها من خلالها حكاية خُنَاثَة.. أيقنت أن حبها حقيقة لا تدركها عقول البشر.. قررت أن تخضع لسلطانه دون محاولة فهم سره..

لم تفكر في حبها في الفترة الأخيرة.. كانت قلقة بسبب التحولات التي طرأت على جسمها تحت تأثير الهرمونات الذكرية .. بدأ جسمها يسترجع إحساسه غير أنه ما زال منفرا.. بعد عشرين يوما أرجعوها إلى العلاج بالهرمونات الأنثوية.. قبل بداية تناول العلاج الجديد، استدعت المشرفة المراقبة لتضع برنامج البحث.. طلبت منها تشخيص مفعول الهرمونات الأنثوية على ثلاثة أصعدة: أولا تأثيرها على الدورة، ثانيا تأثيرها على تركيب الهيكل العظمي، وأخيرا تأثيرها على المظهر..

دخلت مَانِكي في حزن شديد لما اكتشفت أنها ستخضع لعلاج جديد.. لم تعد تتحمل الخضوع للتعذيب.. قررت أن تبحث عن مخرج مهما كان الثمن.. لم تكن هذه هي المرة الأولى التي تقرر فيها إيجاد مخرج، إلا أنها كانت تعرف هذه المرة أن الحل لن يأتي إلا من عندها هي نفسها.. في البداية ظنت أن آدم يمكنه أن يجد طريقا لإخراجها من مركز إعادة التأهيل، ثم أملت أن خُنَاثَة سيجد طريقة، ألم يبد لها تواطؤه؟ لكنها لم تعد تأمل شيئا من ذالك.. روادها منذ فترة هاجس مرعب استولى على جميع تفكيرها: كانت تخشى أن تقضي حياتها في هذا المركز اللعين وتلقى مصير المُرَزَّءَات.. بعد أسبوع من العلاج بالهرمونات الأنثوية، تلاشت كل مظاهر الذكورية عن جسمها.. تمرط شعر جسدها واستعاد صوتها نبرته اللطيفة؛ تضاعف حجم ثدييها واصبحا مثيرين للذة..

في بداية الخدمة المختلطة، كانت قد راودتها أسئلة كثيرة حول نفسها ومعنى حياتها: لماذا تتحمل طوال حياتها عواقب الصراعات الماضية؟ في فترة ريعان شبابها كانت تظن أنها تفكر وتتصرف بحرية، أو على الأقل لم تتساءل عن حرية تصرفاتها، لأنها كانت تفعل ما تريد.. كانت مطمئنة لكونها تعيش الحياة التي اختارتها لنفسها.. كان عالمها أنثويا بحتا حتى بداية الخدمة المختلطة.. وفي عالم النساء هذا تمثل أمها المثل الأعلى، فهي التي تحفظ التقاليد المؤسسة لمجتمع النساء.. تربطها علاقات حميمة بأمها.. تذكرت ظروف إنجابها كما حكت لها مرات..

في تلك الفترة كان النساء اللواتي يردن الإنجاب يفضلن التخصيب الأنبوبي واستئجار الأرحام الاصطناعية، تحاشيا لضير

الحمل، وللمخاطر التي قد يسببها.. لكن أمها رفضت ذلك.. عندما قررت إنجابها امتنعت عن التخصيب الأنبوبي وقررت أن تنتظر فترة الخدمة المختلطة لتنجبها من رجل.. عندما وصلت للخدمة المختلطة ترددت طويلا قبل أن تنتقي الرجل الذي سيكون أبا لابنتها.. انتظرت حتى آخر فترة الخدمة.. كانت على علم بالمخاطر التي تنشأ عن الإنجاب الطبيعي، إلا أنها كانت مستعدة لمجابهتها.. أصعب ما في الإنجاب من الرجال هو التأكد من أن الجنين أنثى، لأن أي إنجاب ذكر يعني بالنسبة للمرأة السجن المؤبد ووأد الطفل.. في بداية حملها دفعت مبلغا خياليا إلى مختبر سري متخصص في تشخيص جنس البويضة عند الحوامل الخارجة على القانون.. حدث ما كانت تخشاه: كانت تحمل بذكر.. كان عليها أن تجهض حملها وأن تحمل مرة ثانية، علها تكون أنثى هذه المرة.. لم تبق إلا أيام قليلة من الخدمة، بعدها تنقطع عن الرجال نهائيا.. راودت الرجل الثانية.. حملت مرة أخرى وسارعت إلى المختبر من أجل التشخيص.. أخيرا طلعت أنثى! أصبحت المجازفة أخطر: بعد يوم أو يومين تخضع لاختبار نهاية الخدمة المختلطة، وإذا اكتشف حملها فسيجهضونها، لأن القانون يحظر الحمل مدة الخدمة.. لذا يخضع كل النساء لتحليل دقيق خاص بالحمل يقوم على إظهار هرمون الغدد التناسلية المشيمية في دم المرأة الحامل.. بدأت تتناول يوميا لترين ونصف اللتر من شاي الورد في كل صباح.. حضرت إلى المختبر يوم التحليل وهي مضطربة خائفة على ابنتها.. لكن بفضل مفعول شاي الورد أخفق التحليل في إظهار الهرمون المشيمية واستطاعت مغادرة الخدمة بابنتها.. عندما خرجت، توجهت إلى مركز للتخصيب الأنبوبي لتفادي المشاكل عند ولادة ابنتها.. حملت بها تسعة أشهر.. كانت تحسها تنمو داخلها وتتغذى على جسمها.. تحملت الكثير والكثير خلال فترة الحمل.. انتظرت بفارغ الصبر اليوم الذي ستعيش فيه آلام وأفراح الولادة والأمومة، ثم أفراح ومتاعب التربية..

70

كانت تحب الاستماع إلى أمها وهي تحكي لها ظروف إنجابها وولادتها، لكنها لم تكن تفهم لماذا أصرت على إنجابها من رجل، مع ما ينطوي على ذلك من مخاطر؛ لماذا التورط في مغامرة الإنجاب من رجل، في الوقت الذي يتوفر فيه الاستنساخ؟ ألا تحمل الحيوانات المنوية أمراضا وراثية كثيرة يمكن أن تسبب تشوهات؟ أمها لم تعطها تفسيرا مقنعا لذلك الاختيار، الذي قد ينبئ عن حنين إلى الماضي...

راودت مَانِكي أسئلة أخرى كثيرة: «لماذا أنجبتني أنا ولا أخرى؟ وبأي ذنب قتل ذلك الموءود؟ لماذا لا ضلع لأحد في حياته أو موته؟ لماذا يجب أن نكون، ثم نحيا كما وجدنا؟ لم تسألني عندما أنجبتني، لم أختر أن أولد أصلا!... نعم، أحب أمي، كما أحب آدم وكما أحس بالحنان تجاه البنيات الصغيرات اللواتي يلعبن في الأصائل تحت حمرة الشمس الغاربة، في الحديقة الصغيرة قرب عمارتنا... الحب والحياة وأشياء الأرض التي لن تتغير أبدا والتي نرتبط بها طبيعيا، قد نتساءل لماذا هي هنا؟ ولماذا نحن أيضا؟»... هذا النوع من الأسئلة بدأ يراود مَانِكي بعد لقائها بآدم، أصبح التساؤل سنة حياتها.. قد تبدو هذه الأسئلة عديمة الجدوى، لأنها لا تنال الواقع اليومي ولا تؤثر فيه، أو بالأصح، لأنه ينتصر عليها دائما، كما هو الحال بالنسبة لمركز إعادة التأهيل والتعذيب الذي تخضع له نزيلاته؛ فمهما اقتنعتِ بفظاعة ما تعيشه وببراءة المُرَزَّءَات، فلن تنسف قناعاتكِ ذلك الباطل! كما أن الذين يطرحون السؤال "لماذا الوجود والعدم؟" يستمرون في رد التحية ويبادلون جيرانهم الأحاديث حول الطقس.. قلوبهم تظل تدق، لا تتوقف مع الأسئلة.. وعندما يجوبون الطرقات يستمرون في التوقف، متحاشين السيارات المسرعة...

«في هذا العالم الذي رميت فيه لا أجد أي مبرر لوجود البشر.. من جيل

71

لآخر، يستمر البشر في تنمية ميراث البطلان... قد يكمن السبب في النجوم.. فالكواكب التي تسيّر الأرض يمكنها أيضا أن تسير مصير البشر الذين يسكنونها.. ألم تأت الحقيقة دوما من السماء؟... النسيان! النسيان هو الذي يجعل الإنسان يستمر في العيش.. يضع البشر قوانين ونظما للحياة لكنهم يبنون دوما على النسيان، نسيان الشك، عاجزين عن إيجاد قواعد صلبة.. كل مرة ينهار البنيان وفي كل مرة يبني البشر من جديد، وكله ثقة.. النظام الاجتماعي لا يتماسك إلا بخيط ضعيف.. لا أحد يقتنع بدوره، الأقنعة يمكن أن تسقط في أي لحظة كاشفة الوحوش.. الحب وحده يعطي قناعا مُطَمئِنا.. أحببت لأطمئن، حتى ولو كان ذلك يتطلب مني جهدا مستمرا لأظل مقتنعة بهذا الدور الرائع.. لهذا أخضعت نفسي لسلطان الحب! لكن هل يحب حقا من يرى في الحب قناعا؟...».. فكرت مَانِكي كثيرا في الحب بعد ما قاله خُنَاثَة.. ما خيب أملها حقا هو أصله البيولوجي.. هل حقا أن هذا الهذيان العجيب ليس إلا خدعة لغريزة التكاثر؟ كانت تشك في حبها كلما راودها هذا السؤال.. مع تعودها عليه رأت فيه وسيلة لتبديد وهم الحب.. ثم أسست عليه خطتها للخروج من إعادة التأهيل..

في تلك الفترة كانت تقضي لياليها دون أن تنام، طار النوم بمفعول العلاج بالهرمونات الأنثوية.. أخشى ما كانت تخشاه في السهر هو الربع الأخير من الليل.. يبدأ الذعر يدب بعد منتصف الليل، عندما تأخذ الكائنات والأشياء أشكالا غريبة.. تبدو أخوف كلما تطاول الليل.. هذا الجو المفزع الذي يغمر جميع الكائنات لا يلبث أن ينسدل على مَانِكي، فتبدو مخيفة هي أيضا.. في آخر هذه الليالي الطوال، أطل من النافذة المفتوحة ربع قمر.. استرسلت أشعته العاجية، متسللة داخل الغرفة، متسلقة السرير حتى

72

أضاءت وجه مَانِكي المغشى بالسهر، قمر بارد تكتنفه الأسرار، لا يكترث بمصير البشر.. صوت نفَس مَانِكي المتقطع ينبئ عن ساهر وحيد في سكون الليل.. عفويا حملت يدها اليسرى، بأصابعها الدقيقة الناعمة، ثم وضعتها على خدها الأيمن، ملامسة وجنة لها لطافة الدراقة اليانعة، يندبها دمع خفيف كالرذاذ، انزلقت من فوقها الأصابع متحسسة الشفين المكتنزتين اليابستين، تمر من بينهما نسمة حياة دافئة.. اختلجت الشفتان الملتهبتان تحت الأصابع الندية قبل أن تواصل اليد تحسسها إلى الجيد، كناسك يستند على عمود معبد قديم.. راودتها نزوة ملحاحة.. تحسس اللسان الشفتين المتيبستين كأرض جافة... لكن اليد واصلت استكشافها، مداعبة الصدر الناهد المتدفق في كل الجهات، محدثة رعشة سرت في الجسم من القرن إلى أخص القدمين.. صورة آدم التي حملتها أشعة القمر مع ظلالها السارية لم تعد تفارقها.. نسيت مَانِكي نفسها ونسيت المركز والعذاب وليالي الأرق الطوال.. نزلت اليد إلى ما تحت السرة متحسسة بين الفخذين، كان مبللا! تذكرت أن دورتها قد بدأت تحت تأثير الهرمونات الأنثوية: الآن تنتابها الدورة كل واحد وعشرين ساعة! غابت صورة آدم... فتحت عينيها.. صمت الليل المخيف يعم الغرفة؛ وصلت الآن أشعة ضوء القمر إلى ما وراء السرير.. بدأت الأشياء تأخذ أشكالا غريبة.. خلع كل شيء قناعه وصورته المعتادة.. لم تعد الأشياء كما كانت في متناول اليد.. أخذت مظهرا مشاكسا، مُحَمِّشا؛ بعضها يبرطم والآخر يكاد ينمسخ.. مظاهرها تصنع، كتَهَذُّب قسم هائج كثير الشغب، بعدما فاجأه المعلم.. قد تبدو الأشياء ساكنة الآن، بينما كانت تتراقص أثناء إغماض مَانِكي لعينيها.. ولما لم تغمض عينيها أخذت الأشياء شكل عفاريت تحت ضوء القمر..

7

شعلة عجيبة في عينيه

وصل آدم إلى مرحلة الإرجاع لعادة اللواط.. توجد في مراكز إعادة التأهيل بيوتات تدعى "نقاط التلاقي" خصصت لهذا الغرض، صمموها كبارات للمواعيد، يتلاقى فيها الرجال في جو يثير الشهوة.. كان لزاما على جميع نزلاء مركز إعادة التأهيل أن يتواجدوا فيها يوميا ابتداء من الساعة الخامسة مساء، متزاحمين في تلك البيوتات الضيقة، يتبادلون الأحاديث في جو خانق، يتصببون عرقا في ذلك الجو المشبع بدخان السجائر وروائح الكحول والجسوم.. يتغامزون، يستهوون ويتغاوون.. لا يجوز لأي منهم أن يغادر البار إلا مع رفيق لليلته..

بيوتات التلاقي مفتوحة كل يوم من الخامسة مساء إلى الثانية صباحا.. الذين يبقون حتى ساعة الإغلاق بدون أن يختاروا رفقاء، يجمعهم المراقبون ويوزعونهم أزواجا.. كان آدم يعمل جاهدا كي لا يفرض عليه رفيق.. إنه يكره اللواط ويقززه الرفقاء أيا كانوا.. استعد اليوم للذهاب إلى نقطته المعتادة.. بدأ تحضيراته منذ الساعة الرابعة مساء.. اختار ثيابا بسيطة، تِيشَرْتا من حرير وبنطلون ادجينز من قطن ضيقا، محددا، لبسهما دون شعار.. لقد لاحظ البارحة شابا تشع في عينيه شعلة عجيبة.. حاول الاقتراب منه ليعرض عليه أن يكون رفيق ليلته، لكنه وجد أنه قد اختار رفيقا.. أما الليلة، فإن آدم مصمم العزم على حجزه قبل الآخرين.. كانت المرة الأولى التي يصادف رجلا يثيره إلى هذه الدرجة.. عندما اجتاز آدم عتبة باب النقطة صوب إليه الجميع أعينهم.. الرجال موزعون على حلقات، يتناجون في نشوة الكؤوس الأولى.. تفحص الحضور.. الشاب ذو الشعلة العجيبة لم يصل بعد.. توجه إلى الخوان وطلب كوكتيل.. جلس على إسكملة مرتفعة، نصف ملتفت إلى القاعة، رجله اليسرى معقوفة قليلا، يسند مرفقه الأيسر على الخوان.. نظر إلى صورته التي عكستها المرايا: شعره الفاحم في تسريحة إلى الوراء تبرز الجبين؛ التفت يمينا وشمالا متفقدا هندامه.. وضع النادل الكوكتيل بين يديه.. حملته اليد اليمنى إلى الفم، لكن الأنف سبق إليه: فاحت باقة من نعناع مثلج وزنجبيل وتفاح أخضر تخللت مسام الشم.. سكنت حافة الكأس في ما بين الشفتين، اللتين اكتنفتاها في تمطط.. تدفق السائل غامرا لسانه، اصطدمت مكعبات الثلج بحاجز الأسنان، ثم تراجعت متدحرجة داخل الكأس.. جنحت اليد بالكأس نحو الخوان.. الطعم أكد أريج الباقة، طعم بارد طغى على المذوقات الأخرى.. التفت صوب الباب، صار يراقبه من موقعه، متلهفا لقدوم الشاب ذي الشعلة العجيبة..

ألقى نظرة إلى المرايا، محدقا في صورته لحظة.. لاحظ وراءه، قريبا منه، رجلا أصلع مفتول العضلات، يطوله قليلا، يتدلى قرط ذهبي من حلمة أذنه اليسرى، يغطي شاربه شعر كث، يلبس بزة من جلد سوداء، تجللها السلاسل.. كان يتمعن في صورة آدم المنعكسة على المرايا.. بادله آدم النظر هنيهة، ثم أشاح عنه وجهه.. لكن عندما أعاد نظره استقبله بنفس النظرة المتفحصة.. التفت إليه.. كان في الأربعين، انقشع شاربه عن أسنانه في ابتسامة صفراء عريضة؛ رد عليه آدم مبتسما، متضايقا.. سارع الأصلع مسيجا خاصرتيه بذراعيه القويتين وضمه إليه بقوة.. أحس جسمه المشدود وغمر وجهه نفَسه الساخن المشحون بالتبغ والكحول.. حاول آدم جاهدا التملص منه، لكنه لم يستطع الإفلات من الأصلع المتسارع الأنفاس.. بعد جهد مضن استطاع التملص..

- مالك؟ تتمنع؟ قالها الرجل الأصلع بنبرة عتاب.. لماذا ترفض؟ أنا أو آخر، لا يهم! على كل حال سترغم على رفيق ما!
- دعني منك! خفف على نفسك! انتظر ساعة الإغلاق فسيجدون لك رفيقا!

لكن عاشقه لم يعد يستمع إليه، كان قد بدأ يتفحص القاعة بحثا عن ضالته.. طلب آدم كوكتيل جديدا، محاولا تناسي ما حدث.. «لطافة، رقة، لياقة، هكذا يجب أن أعامل الشاب ذا الشعلة العجيبة، وإلا فإنه سينفر مني!»..

بدأ آدم يشك في الحب بين الرجال والنساء بعد زيارة خُنَاثَة الأخيرة.. كشف له أن "الحب ليس إلا خدعة لغريزة التكاثر وأن الرغبة

76

والعاطفة ليستا إلا حيلا من أجل الإنجاب!".. قال أن الحب وهم ينبئ عن خطأ بصيرة الإنسان وأنه إذا كان بعض البشر ما يزاولون يعانون من هذيانه، بعدما أسند الإنجاب إلى الوسائل التقنية، فإن ذلك يرجع إلى كون الخلايا التناسلية مازالت تتكاثر بالانقسام! "ظاهرة الحب لم تختف لأن أساسها البيولوجي مازال قائما؛ اللذة والعاطفة قائمتان ما دام جسم الإنسان يحتوي على خلايا تناسلية".. هذا ما قاله خُنَاثَة لآدم مخيبا أمله في الحب..

لما عرف العاطفة لأول مرة، عند لقائه بمَانِكي، لم يكن يعرف أن هذا هو الحب.. دخل في عالم غريب يمتزج فيه الحزن بالفرح.. أسعده هذ الشعور العجيب الذي أعطى معنى جديدا لحياته.. عندما كان يبحث عن معنى لتلك العاطفة فكر في كل شيء إلا التكاثر: أحيانا كان يرى أن الحب تواصل بين كائنين في عالم الجمال؛ وأحيانا يرى أنه يصيب من تسكنه روح القمر؛ وفي بعض الأحيان لا يبحث عن معنى لهذه العاطفة، التي لم يعد بإمكانه العيش من دونها.. لكن أقوال خُنَاثَة نسفت معتقده في الحب.. راودته الشكوك.. قد تظهر حقيقة الحب إذا جُرد من غريزة التكاثر.. قرر أن يختبر ذلك.. كان يريد أن يثبت أن العاطفة والرغبة والإنجاب ليست حلقات من سلسلة واحدة، وأن العاطفة يمكن قيامها دون الرغبة، والرغبة دون العاطفة، والاثنتان دون غريزة التكاثر! كان متأكدا من أن حبه لمَانِكي يتعدى الرغبة.. من أجل إثبات ذلك قرر أن يمحو الرغبة من علاقاته بمَانِكي ليرى ما إذا كان لذلك تأثير على حبه لها.. هكذا صمم على توجيه كل رغبته إلى الرجال.. بذلك يكون قد فصل بين الرغبة وحبه لمَانِكي.. مركز إعادة التأهيل ملائم لتجربة كهذه؛ سيكرس فترة وجوده داخله، لا لنفي الحب، بل لإثبات سموه.. بذلك يكون قد وظف إعادة التأهيل للوصول للهدف المعاكس لها.. اطمأن إلى ذلك التصميم..

أيامه الأولى كان يخشى أن يفارق الحياة أو يفقد حبه.. أما اليوم فأصبح يرى في إعادة التأهيل فرصة لإثبات حقيقة حبه..

غصت القاعة بالرجال، الواقفون أكثر بكثير من الجالسين.. كان آدم مزاحما من كل الجوانب؛ أحيانا يحس بحركات ضاغطة من جسم آخر، وأحينا تلمسه يد مداعبة.. لم يعد يميز المدخل.. الشاب ذو الشعلة العجيبة يمكن أن يكون قد وصل ودخل دون أن يراه.. فكر في شق الطريق للبحث عنه في القاعة، غير أنه لا يريد أن يفقد مكانه قرب الخوان.. ثم فكر في أن الشاب ذا الشعلة العجيبة قد يحجزه آخر.. قرر الغوص في الموج البشري، متنازلا عن مكانه قرب الخوان.. حاول شق الطريق إلى الناحية الأخرى من القاعة.. روائح الكحول والتبغ وعرق الجسوم شحنت جو القاعة الخانق الواخز.. تقدم كمن يسبح في الوحل، معاكسا التيار، يشتُمه هذا، يسد ذلك الطرق أمامه؛ يفسح له الطريق آخرون، متطاولين مبتسمين، بعضهم يضمه في رقصة ويستدير ليجعله مكانه، مقدما إياه قليلا؛ كثيرون يزقون بكلمات تضيع بين الجلبة والموسيقى الصاخبة.. كل يرفع ذراعه بكأسه فوق الرؤوس كما في النخب، حاميا إياها من الموج المنساب.. كان يبحث عنه، ملتفتا إلى كل الجهات..

حاول أن يحدد ملامح الموسيقى المتدفقة من مكبرات الصوت.. الذي يتبادر أول وهلة، هو صوت الجهير المضخم، في إيقاع متقطع رتيب.. من وراء الأوتار الغليظة خلفية من أصوات مكهربة صاخبة.. المغني يصرخ بكلمات هوجاء رعناء.. لم يكونوا يسمعون الموسيقى في

القاعة، كانوا يتنفسونها كما لو كانت مُلوّثا لا يمكن فصله عن هواء الغرفة المشبع بالدخان وروائح الكحول وعرق الأجساد المتزاحمة.. كانت تصعق كل جسم، متسربة مع جميع المسام حتى ترن في مخ العظام... لاح له فجأة، واقفا قرب إحدى الطاولات.. كان بديع الجمال هذه الليلة.. بدا متنصتا لروح الجمهور.. عيناه الساحرتان ترصدان نقطة في القاعة.. شق آدم طريقا نحوه إلى أن التصق به.. بدرت منه حركة نفار، غير أنه لم يبرح مكانه.. بقيا متلاصقين، ينظر كل منهما إلى الآخر دون كلام.. ثم قال آدم:

- كنت في انتظارك! أريد أن تكون رفيقي الليلة!
- نعم، لكن على شرط، وهو أن تأتيني بكوكتيل ولا تتدفق منه قطرة واحدة!

زاحم آدم متجها نحو الخوان.. عاد رافعا ذراعه بالكوكتيل، كالمشعل! قدمه كاملا إلى رفيقه الذي احتساه في صمت.. ثم أخذ بيد آدم واقتاده دون أي شروح إلى دورة المياه.. نزلا مع سلم حديدي حلزوني ضيق، قادهما إلى طابق تحت الأرض.. وصلا دورة المياه.. السقف والجدران مغطاة بالمرايا.. ثمة مرحاضان، باب أحدهما مفتوح قليلا.. أدخل الشاب ذو الشعلة العجيبة رأسه مختلسا نظرة: كان شاغرا.. فتح باب الثاني ولم يعثر على أحد.. سأل آدم رفيقه الذي كان يتفحص الأرضية:

- عن ماذا تبحث؟

لم يجب.. عثر على مقبض.. فتح غطاء فتحة مستورة.. جلس قربها، أدخل رجليه، أثبت كفيه على حافتي الفتحة وأشار إلى آدم أن يتبعه، ثم توارى.. تحسس آدم بإحدى رجليه حتى وضع إحدى قدميه على الدرجة الأولى من سلم، ولما هبط صعد رفيقه وأغلق الغطاء ثم نزل.. رقن رقما

79

على لوحة مثبتة في الحائط.. انفتح من وراء السلم باب خفي هبت منه أبخرة ورائح مُدَوِّخة.. سارع الشاب ذو الشعلة ساحبا آدم معه ليدخلا الباب الذي انغلق بسرعة وراءهما.. لبثا هنيهة، ثم بدءا يتحسسان الطريق في غبش المكان.. تعثر آدم مصطدما بشيء لم يميزه.. همس رفيقه:

- انظر أين تضع قدميك! ألا ترى الناس مضطجعين؟

بعد تعود البصر على ظلمة المكان، تراءى في الضوء الشفقي رجال كثيرون مضطجعين في استرخاء.. بعضهم يتبادل الأحاديث في نجوى خافتة؛ منهم من بدا نائما، وآخرون في هذيان غريب.. صار آدم ورفيقه يتسكعان، يحاولان أن لا يدوسا الأجسام المستلقية.. استقبلهما السامري! ذهل آدم عندما رآه.. اقتادهما ليجلسهما.. الرجال من حولهما سكاري عراة.. جاء رجل طويل القامة، يتقمص هيئة أرنب، أذنه اليمنى تميل قليلا إلى الأمام، يحمل صينية، عليها قنينة وكأسان وصحن يحتوي مسحوق أبيض وشرابتان رقيقتان من مطاط ملون.. أخذ الشاب من فوق الصينية لُوَيْحَة زجاج صغيرة، نحت فيها تِلْمَان متوازيان.. أدخل اللُّوَيْحَة في المسحوق ثم سحبها بعد ما امتلأ التِّلْمَان.. تمرفق على جنبه الأيمن وتناول بيده اليسرى إحدى الشرابتين.. انحنى على الصينية مقتربا من الُّوَيْحَة الزجاجية، رأس الشرابة في بداية التِّلْم ورأسها الآخر في منخره الأيسر، سد منخره الأيمن بإبهام يده اليمنى واستنشق بعمق ذلك المسحوق الأبيض مطبقا فمه، ممررا الشرابة مع التِّلْم من بدايته إلى النهاية.. جعل يده على عنق آدم وجذبه بقوة ثم لثمه بنهم..

- هيا خذ! جاء دورك!

تناول آدم شرابة واستنشق الخط المتبقي.. في البداية لم يحس شيئا في أنفه، لكن نسيما عجيبا منعشا هب في دماغه وسرى في الجسم كله.. أحس

80

أمواج المحيط تتدفق عبر جسده.. قفز من فوق المتكأ وأطلق صرخة كمن يعوي مع الذئاب.. ثم أمسك برأس رفيقه ووضع جبهته على جبهته حتى تماس الأنفان..

- كيف أمكنك يا ملعون الخروج دوني مساء أمس؟
- لكنك يا صديقي العزيز، لم تكن موجودا بالأمس حتى!
- آه! هكذا تعاملني! سأثبت لك أنه لا يوجد إلا أنا!

تناول آدم القنينة وملأ كأسا، عبها في جرعة واحدة.. ثم هدأ فجأة.. اضطجع وغاب في تفكير عميق.. أرجع رفيقه مستطيل الزجاج في المسحوق الأبيض واستنشق الخطين لوحده.. فكر فيما قاله آدم.. لم يجد له مبررا سوى الغيرة.. سأله:

- لماذا أصابتك هذه النزوة الهذيانية؟ هل فقدت الصواب؟ لماذا هذه العدوانية؟
- ذلك بسبب حرمان الأمس، كنت أخشى أن أكون عاجزا عن إثارة الرغبة لديك، أخشى أن يكون رفيقك بالأمس أفضل مني... أتعذب عندما أراك ملكا لآخر، أريدك لنفسي!
- ما لك تهتم بالماضي؟ انتهز الفرصة الحاضرة!
- الواقع أنني قلق! أريدك أن تكون تحت رغبتي، أريد أن احتفظ بك لغرضي الخاص!
- الحب، عكسا لما تتصور، لا يكون إلا بثلاثة!
- أنت مخطئ تماما! إنني لا أعني الحب! بيني أنا وأنت لا يوجد إلا الرغبة.. الرغبة هي التي تستدعي الغيرة، لأنها تجعل من الآخر آلة.. أما الحب الحقيقي فذاك لا يعرف الغيرة!

81

8

مرض الحب

قررت مَانِكي بناء خطتها من أجل الخروج من إعادة التأهيل على معرفتها بالحب التي اكتسبتها من خُنَاثَة.. صممت أن تتصنع التوبة وأن تثبت أن الحب لم يعد له سلطان عليها، أنها لم تعد تعتقد فيه.. في البداية فاتحت المراقبة، روت لها كيف اكتشفت بنفسها حقيقة الحب وكيف أحست بالندم بعد وقوعها في هذا الوهم.. كما توقعت نقلت المراقبة كلامها إلى المشرفة التي كلفتها باستجوابها أكثر لمعرفة ما إذا كان ذلك ناتجا عن انهيار عصبي عابر..

بعد أيام كتبت الرسالة التالية إلى المشرفة:

" إلى المشرفة المحترمة، تحية عاشقة خابت ظنونها، بعد أن أنقذها إخلاصك لأخلاقيات مجتمعنا من وهم كاد يهلكها! كنت أظن أن الحب هو أعظم تعبير عن الحرية، لكنني اكتشفت أنه خدعة، وأن حقيقة هذه العاطفة السامية هي أن بعض الخلايا تنقسم عند التكاثر! مخلصتك، مَانِكي.."

أنّبها ضميرها، تحسرت على أنها مرغمة أن تعيش في التظاهر والكذب.. هل يحق لأحد أن يكذب على بني جلدته؟ ستخجل أمام آدم لكونها لم تجد الشجاعة الكافية لتستمر في الدفاع عن حبها في وجه العالم..

بقيت الرسالة دون جواب مدة أسبوعين.. بدأت تشك في فعالية خطتها التصنعية.. لكن بعد الأسبوع الثاني تلقت استدعاء من المشرفة.. حاولت استباق اللقاء وحضرت الأجوبة.. جرت المقابلة بحضور المراقبة.. في بدايتها قالت المشرفة للمراقبة:

- إذا صدقت فإننا نكون قد توصلنا مع مَانِكي إلى نتائج مشجعة..
- نعم! الواقع أن شفاءها سبق مخطط برنامجنا.. يبدو أنها توصلت بنفسها إلى النتيجة التي كنا نريد أن تكتشفها بعد علاج طويل!

قالت المشرفة موجهة كلامها لمَانِكي:

- لتعلمي أننا هنا لسنا بحاجة إلى التفكير أو التأمل الباطني أو التحليل ــ سميه ما شئت ــ من أجل البحث عن الحقيقة.. الحقيقة لا تهمنا لذاتها كما لا يهمنا العقل، نحن نؤثر على العقل بالجسم.. خطتنا لإعادة التأهيل تتأسس على مبدإ مفاده أن الجسم يوجه العقل.. نتصرف في الجسم ويأتي التأثير على العقل دون أن نحتاج إلى أعمال تخصه.. ذلك

هو معنى التجارب التي أخضعناك لها.. غير أن إعادة التأهيل تمر مراحل عديدة، وأنت ما زلت في البداية، بينما أخريات كررن المشوار دون أن يشفين.. حالتك إذن مثيرة للاهتمام.. استدعيتك اليوم لأستجوبك حول انطباعاتك عن مراحل العلاج التي مررت بها.. لا تهتمي بالنواحي الفيزيائية والبيولوجية، نحن أدرى بها.. بدل ذلك حدثيني عن تطور نفسيتك منذ قدومك هنا..

- لم أكن أفهم لماذا صرت أفكر في آدم دائما بعد لقائي به في امتحان الكفاءة، ولماذا كنت متألمة بعد فراقه.. هذا التعلق الشديد لم أعرفه مع أي من الرجال الذين اشتركوا معي في الخدمة.. كنت أستغرب هذا التعلق المقصور عليه.. لكني اكتشفت أن ذلك هو الذي يطلق عليه اسم الحب.. عندما ذهبت لمقابلة آدم في مقصورته، لم أكن أدرك معنى ذلك التصرف، كنت أنقاد لقوة غامضة تتخطاني.. بعد قدومي هنا، كدت أصاب بالجنون، لكن المرحلة الأولى من العلاج كانت حاسمة في شفائي.. خلال تلك الفترة جعلت في مواجهة مع ذاتي ومع حقيقة صورة آدم في ذاكرتي.. وبما أني قطعت عن العالم لم يكن لدي إلا خياران: إما أن أنغمس في ذكرى آدم حتى الفناء، وإما أن أدافع عن كياني النفسي ضد صورته المتسلطة؛ مما يعني إبعاده عن مكونات شخصيتي.. اخترت الطريقة الثانية لئلا أصاب بالجنون.. ظهر آدم كشخص أناني لا يبالي بعذابي، ولا بألمي، أصبح حضوره لا يطاق..

» في نهاية المرحلة الأولى من إعادة التأهيل، حدث تحول في عاطفتي، تحول الحب مقتا.. عندما بدأت الفترة الثانية، لا حطت أن شعوري تجاه آدم أصبح مزدوجا: من ناحية كان ثمة الرجل الذي عذبتني

84

صورته والذي صرت أكرهه، ومن ناحية أخرى الرجل الذي تعرفت عليه في امتحان الكفاءة، العاشق، الشريك، الحبيب.. لما خضعت لعلاج محو حاسة الرغبة من جسمي، نفرت من كل ما كان يرمز للرغبة.. عندها صرت أشمئز من العشيق، لكنني كنت أحن إلى الصديق، لم أعد أحس تجاه آدم إلا بصداقة محضة.. في المرحلة الثالثة استرجعت إحساسي ورغبتي من جديد، وتَحت تأثير الرغبة شُوشت العاطفة، طغى على صورة آدم معنى الشهوانية.. ورجع لغز الحب كما كان؛ لم أعد أميز هل هو عاطفة أم هو شهوانية.. عندها اعترفت بجهلي وبضعف بصيرتي.. توجهت إلى العلم والأساطير القديمة لمعرفة كنه الحب..

» يقول القدماء إن البشر الأوائل كانوا كلهم أَنْدْرُوجِينَاتْ، أي أنهم كانوا يمتلكون جنس الذكر وجنس الأنثى معا.. وكان شكلهم يختلف عن شكل البشر اليوم.. فقد كانوا مكورين، بوجهين متقابلين؛ لهم أربعة أذرع وأربعة سيقان وكانت أعضاؤهم التناسلية مزدوجة؛ إلا أن غرورهم اشتد لدرجة أنهم تجرّأوا على مهاجمة الآلهة، فقرر الإله الأكبر عقابهم، بشطرهم إلى جزأين، ذكر وأنثى.. أصبح كل نصف يحن إلى نصفه الثاني، ويتزاوج معه، عله يحقق الرجوع إلى الطبيعة الأولى.. صار كل نصف من الجسم المنقسم يحن إلى نصفه ويبحث عنه وعندما يلتقي النصفان لا يكفان عن العناق، محاولين الانصهار والالتحام من جديد.. عند ما يرى نصف نصفا آخر، وتنفصل جزيئات من كل منهما وتدخل في الآخر، يتنفس ويغتبط.. وعندما ينفصلان يغتم كل منهما ويكتئب ويتألم.. لكنه، بالمقابل، يغتبط عند ذكرى الحبيب.. تنشأ العاطفة من هذا الخليط بين الألم والفرحة..

» المعنى الحقيقي لهذه الأسطورة يتجلى في انقسام الخلايا التناسلية، بعد الانقسام الأول للخلايا الجنسية بدون تكاثر الذي ينتج الأمشاج.. يتم ذلك عن طريق الانتصاف، أي الانقسام الاختزالي الذي يكون الخلايا الجنسية.. تنقسم تلك الخلايا إلى نصفين يبحث كل منهما عن الآخر.. هكذا تبدأ في التجاذب ثم تتلاقى لتولد كائنا واحدا هو البويضة.. هذا هو ما رمز له القدماء عندما قالوا : "إن انقسام الإنسان إلى نصفين هو أصل الحب، وإن الحب يعيد الطبيعة الأولى، يوحد كائنين في واحد، شافيا الطبيعة البشرية".. لا تحتوي الخلايا التناسلية إلا على ثلاثة وعشرين صبغا، فقدت الخلية الأولى نصف صِبْغياتِها خلال نموها، ولن تكتمل إلا مع التناسل.. العدد المتساوي من الأصباغ التي تحدد الجنس يجعل فرص إنجاب الذكور والإناث متساوية.. سبّب انتهاك هذا القانون واختيار جنس البويضة خراب المجتمع البشري الذي نتج عنه واقع التفرقة الذي نعيشه اليوم..

» بما أن البشر أنصاف، وبما أنهم معرضون للموت، فهم يبحثون عن التكامل وعن الخلود.. هذه الرغبة والتوق إلى الخلود هي التي نسميها حبا.. كان ذلك هو معنى الغريزة الجنسية في البداية.. لكن ما يميز تلك الغريزة هو أنه يمكن أن تستبدل غايتها دون أن ينقص ذلك من قوتها.. في البداية كان الحب تكريسا لغرضين، أحدهما ضروري وهو الإنجاب، والآخر ممكن، لكنه قد يكون ضروريا في بعض الظروف، وهو اللذة.. لهذا وُجدت ثلاثة خيارات: الأول هو اللذة دون الإنجاب، الثاني يتمثل في اللذة مع الإنجاب، والثالث هو الإنجاب دون اللذة.. لكن الطبيعة ربطت

بين اللذة والإنجاب، ولم يفرق بينهما إلا المجتمع البشري.. وقع هذا الفصل بين اللذة والإنجاب بصورة تدريجية.. ففي المجتمعات القديمة ارتبط الحب بالإنجاب، لذا اعتبروا الحب من أجل اللذة عصيانا.. لكن مع السيطرة العلمية على الإنجاب، انشغل البشر في البحث عن اللذة وفرقوا بين الإنجاب والحب، بإسنادهم التكاثر للوسائل التقنية، ما أدى إلى فصل مجتمع الرجال عن مجتمع النساء.. هكذا تم الفصل ثانية وبلا رجعة!

» اليوم، وبعد ما أوكل التكاثر إلى التقنية، لم يعد هناك مبرر للاعتقاد في الحب! لم أعد أومن إلا بالرغبة التي تسكن جسمي، لكن هذه الرغبة لم تعد تخدعني.. أعرف أنها من مخلفات غريزة التكاثر، كما الحب، حتى ولو كانت أقل خداعا منه، لأن الرغبة حقيقة تنبعث من الجسم وستبقى ما دامت الخلايا الجنسية تنقسم عند التكاثر.. عندما قيدتني الطبيعة بالرغبة كانت تريد إجباري على التكاثر.. لكن اليوم يمكنني أن أحقق رغبتي دون أن أنجب.. أكبر مصدر للذة هو أن أشبع رغبتي بدون أن أقع في فخ الإنجاب.. أكبر مصدر للذة هو أن أشبع رغبتي بدون هدف.. عدلت عن الحب من أجل الرغبة.. هكذا اكتشفت المغزى العميق لأخلاقيات مجتمعنا!" »..

لهجة خطابها كانت تعبر عن قناعة شديدة، حتى أنها تساءلت في نفسها هل تتصنع كما ظنت أم أنها تدلي بالحقيقة.. نظرات المشرفة، التي عودتها أن تغوص في أعماق النفوس، بدت مستسلمة أمام إقناعها.. استغربت أن المشرفة لم تصفعها لتبين أنها تعرف أنها تكذب.. أما المراقبة فكانت كالنجم، تبدو بعيدة، غير مبالية بما يجرى..

« هل الكذب حقيقة لغوية؟ تعجبت من سهولة الكذب عليها.. على لسانها جاءت الكلمات مطاوعة لأي استعمال.. عندما تكذب ترى أن الهفوة التي تفصلها والآخرين تزداد اتساعا.. علاقتنا بالآخرين تقاس بتوظيفنا للعلاقة ما بين الدال والمدلول.. لكن مطاوعة الكلام لاستعمالات متناقضة تعبر عن خلل في اللغة.. تقول الكلمات شيئا بينما هي تريد قول عكسه وتقول شيئا تقصد به كتمان عكسه.. الحاجة إلى اللغة تعبر عن عجز الإنسان.. يتعامل البشر مع اللغة كما لو كانوا لا يفهمونها، ولا يتفاهمون فيما بينهم.. البشر كائنات لا تتفاهم على الرغم من أنهم اخترعوا اللغة من أجل التفاهم؛ لكن استخدام الكلام حل محل استخدام اللغة من أجل التفاهم؛ حل استخدام الكلام محل استخدام اللغة.. الكلام ليس اللغة وقد يتنافى معها.. إذا كان البشر يسمعون فهم لا يستمعون.. لو استمعت المشرفة والمراقبة إلى مَانِكي، بدل أن تسمعاها لكانت اكتشفتا أنها تكذب وتتصنع.. الاستماع هو الإنصات لما وراء الكلام من أجل الوصول لدلالته حتى ولو كان يراد إخفاؤها أو قول عكسه.. يظن البشر أن ما يجب فهمه هو ما يمكن أخذه بسهولة، أي ما يحسه المستمع.. يرى الواحد هذا ويرى الآخر عكس ذلك، كل يتمسك بفهمه وهو عنيد.. يكتشف ناحية أو أخرى ويرى أن ما توصل إليه هو الحقيقة...».. هذه الأفكار كانت تتزاحم في ذهن مَانِكي، التي لم تكن واثقة من تأثير خطابها.. تعلم أن المشرفة بوسعها أن تستمع وتخشى أن تفهمها.. لكن لحسن الحظ بدت مقتنعة بما سمعت.. قالت لمَانِكي:

- سنصدق كلامك! لكن بشرط، وهو أن نسجل معك شريط فيديو من نفس الخطاب الذي أدليت به أمامنا.. سنستخدم هذا الشريط في برامج إعادة التأهيل.. فإذا كنت كذبت فستلاحقك أكاذيبك إلى الأبد!

لم تكن تتوقع هذه المكيدة.. «هل من هول أفزع من الكلمة التي يمكنها ملاحقة إنسان طيلة حياته وحتى إلى ما بعدها؟! ها هي كلمتها ستصير وسيلة من وسائل إعادة التأهيل، سلاح لقتل الحب عند أجيال وأجيال! سلاح عند جلادي مراكز إعادة التأهيل الذين عذبوها سنوات وسنوات.. أصبح كلامها سلاحا في يد الذين يريدون تحطيمها وتحطيم حقيقتها.. لم تعد تملك الشجاعة لترفض شرط المشرفة، إذا فشلت خطتها فستقضي حياتها في السجن.. قررت أن تنصاع وتتحمل إلى الأبد عبء كلمتها المهلكة.. أضافت المشرفة:

- سأرسل غدا فريق الفيديو لتسجيل كلامك.. بعد ذلك سيأتي خُنَاثَة للذهاب بك..

أقبل ليل ذلك اليوم الشتوي بأشباحه الشيطانية التي تجوب العقل كشخوص سود تمر في الضباب الكثيف، وهي على عجلة من أمرها.. باتت مَانِكي ترتعد كما لو أن شبح الموت يزورها.. كانت تنتظر لحظة التسجيل كتنفيذ حكم بالإعدام.. تطاول الليل ولم تغب عنها كلماتها التي كانت تتراءى لها في تحد لا يطاق.. عند الصباح وجدت لديها قناعة جديدة خففت من همومها: العاشقون الحقيقيون سيستمعون إليها ويسمعون تقريظ الحب وراء كلماتها.. الذين يعشقون سيكون بوسعهم الاستماع الكافي لفهمها لأنهم يقاسمونها ولاءها للحب! صالحتها هذه القناعة البسيطة الراسخة مع نفسها ومع كل ما ستتفوه به من أجل الخروج من ذلك الأتون اللعين.. استقبلت الصباح في استسلام، كمن ينتظر أجلا محتوما.. لما وصل فريق التسجيل استقبلته بارتياح.. تكلمت أمام الكاميرا كمن يصلي من أجل إنقاذ البشرية.. كان التباين شديدا بين نظراتها والكلمات التي

تخرج من فمها، حتى أن المصور رأى أنهما شخصان.. بعد انتهاء التسجيل أحست بخواء شديد.. تمنت لو قضت حيوات متتالية في الصحراء، في شكل وردة رمال..

عندما قدم خُنَاثَة لاحظ على وجهها السكينة التي يحدثها التصالح مع الحياة.. نبرة الاتكال التي أضفتها السكينة على هيئتها زادت من أنوثتها.. أمسك بيديها.. رفعت إليه طرفها في نظرة عرفان بالجميل..

- خلصتِ نفسكِ! تغلبتِ على الحب!
- ذلك بفضلك.. لكن أرجوك، لا تتخل عن آدم!
- ليس بوسعي إنقاذ أحد! كل يمتلك مفتاح خلاصه وبيده إنقاذ نفسه! الآن لنذهب، سأوصلك إلى المكان الذي التقينا فيه أول مرة. وأدعك تعيشين حياتك..

ثم بدا حياديا، متحفظا، مجاف.. اختفت من صوته ومن نظراته أية نبرة تواطؤ، كما لو أن مَانِكي لم تعد موجودة بالنسبة له ولم يعد يريد أن يكون موجودا بالنسبة لها.. كان ذلك واضحا جليا، حتى أنها بدأت تتضايق من حضوره.. أصبح غريبا كما لو كانت تراه لأول مرة.. لم يعد يكلمها إلا مجاملة، متمسكا بجفائه طول الطريق.. عندما أوصلها إلى مركز امتحان الخدمة المختلطة غاب عنها كما لو كان تبخر..

استقبلتها امرأة قادتها إلى مكتب.. عملت لها بطاقة نهاية الخدمة التي ستستخدمها لخروجها.. سلمتها لها وهنأتها بمناسبة نهاية خدمتها.. ودعتها متمنية لها عودة ميمونة إلى عالم النساء.. استخدمت بطاقتها

لتطلب المصعد، الذي وصل فارغا.. أسرعت بالدخول، ضغطت على زر الخروج، انغلق الباب وانطلق المصعد.. وجدت أنه يأخذ وقتا طويلا.. بدت متوترة الأعصاب، كانت تربت أرضية المصعد بمقدمة حذائها الأيمن.. انطفأ الزر بعد أن استقر المصعد، الذي انفتح على باب موصد كتب عليه "خروج" بأحرف حمراء مضيئة.. أدخلت بطاقتها في ثقب القفل الذي أطلق رنة كالجرس، قبل أن ينفتح.. وجدت نفسها في الشارع.. توقفت لحظة، أخذت نفسا عميقا، نظرت يمينا ويسارا، ثم رفعت وجهها إلى السماء.. كانت متأكدة أنها بُعثت من جديد.. كم زمن مضى؟ حياة كاملة؟ لحظة؟ مدة كابوس مرعب؟ «المدة لا معنى لها، لا في السابق ولا في اللاحق.. ليس لها معنى إلا في اللحظة المعيشة!»..

أفكار كثيرة وجديدة تتزاحم: متى سترى أمها؟ تستأنف عملها؟ في أي وضعية ستجد شقتها؟ وسؤال آخر أكثر إلحاحا وأثقل من الأسئلة الأخرى: هل سيختفي آدم من حياتها إلى الأبد؟ أملها الوحيد كان خُنَاثَة.. لكنه، بسبب تغيره المفاجئ وجفائه الصارم، لم يعد يثير في نفسها إلا الخوف.. «حسبي ألا يؤذي آدم!».. توجهت صوب شقتها.. الشوارع تستقبلها كما لو أنها هي نفسها، والعمارات راسية جاثمة في أمكنتها، متحدية الصيرورة.. لقطة صغيرة لفتت انتباهها، مثبتة هدم الزمن الذي لا يرحم: لقد تغيرت ألوان الألعاب في الحديقة الصغيرة قرب عمارتها، والبنات اللواتي عهدتهن غير البنات اللاتي يلعبن... هذا الملحوظ الجزئي أدخلها في حزن عميق.. التحول الذي طرأ على ألوان الألعاب في الحديقة الصغيرة والجيل الجديد من البنات، كل ذلك كان يشكل عناصر مهزلة لعبها لها الزمن! لقد تغيرت هي كما تغيرت البنات والألعاب في الحديقة الصغيرة قرب عمارتها...

91

فتحت باب شقتها، مجتازة كومة ورق مثبطة، تراكمت على العتبة: رسائل، فواتير ومطويات إشهار مختلفة... أخذت ظرفا من بين تلك الأظرف الكثيرة المتناثرة.. كانت رسالة من جمعية مناهضة العنف الإشهاري.. تقول الرسالة إن إنتاج وتوزيع الإعلانات الإشهارية يمثل انتهاكا لحرية الانتباه.. "من بين الحقوق الأساسية للإنسان أن يكون حرا في أن ينتبه أو لا ينتبه.. والإشهار يسلب من الإنسان هذا الخيار، يستهدفه بالترويح ويجبره على الانتباه.. إنه عنف خفي يقهر الإنسان ويحوله إلى مستهلك، يحدث لديه الميول والحاجة.." ختمت الرسالة بنداء من أجل مقاطعة الترويج.. أسفت عند قراءتها هذه الرسالة: «آه! لماذا لم أقم بأي عمل ضد العنف الذي تعرضت له في إعادة التأهيل؟ هناك مئات من النساء قد يكن لا ينتظرن إلا مبادرة... لكن لو حاولت مغامرة لكنت بقيت في السجن...» رمت بالرسالة على الكومة دون أن تردها في الظرف.. وجدت الأشياء كلها في أمكنتها، جاهزة للاستخدام، رابضة في مكانها المعتاد، كما في قبر فرعوني.. اتجهت صوب النافذة، سحبت الستائر، تدفق موج من النور، غمر وجهها وجسدها وأرجاء الشقة، نور أبيض كوني، ضوء الشمس، جوهر كل شيء.. حاولت أن تحدق في الشمس مباشرة لتتعلم منها شيئا عن معنى الحياة.. كلّت عيناها، لم تستطع تثبيت نظرها على الشمس.. قبل أن يرتد إليها طرفها، ميزت بوضوح قرصا أسود ومن حوله تاج من ماس.. أحست بكيانها يفنى، فقدت أحاسيسها فنسيت كل الأسئلة.. ثم بدأت تسترجع الأحاسيس بعد تلك الهزة الولعية.. فتحت عينيها على نفسها وعلى الأشياء والشمس التي تضيئها، تجلت لها الحياة من جديد في كل عبثيتها... تذكرت والدتها، قررت أن تذهب لزيارتها وأن تقضي معها تلك الليلة.. قبل ذلك أرادت أن تحتك بالحشود..

أخذت حماما وتنشفت وارتدت أحد فساتينها المسائية للمناسبات العظيمة.. قبل أن تخرج لحظت الشمس من جديد، صارت قرصا أحمر يغوص في بحر أمغر.. لما خرجت من العمارة مرت قرب الحديقة التي غادرها البنات.. الألعاب صامتة مهذبة.. غير أن بقية من صدى ضحك البنات ما زالت تشع منها، منطبعة في الجو.. جانبت الحديقة الصغيرة العارية من الشجر لتدخل في الشارع 321 المؤدي إلى النهج 1006.. على هذا النهج توجد مقاهيها المفضلة..

بدأت جموع النساء تتقاطر مع قدوم الليل.. لما وصلت النهج تلقتها الحشود التي لا تقاوم.. غابت فيها كمن يغوص في بحر دافئ.. شعرت بالراحة والهناء، نوع من الطمأنينة حد من قلقها أمام الحياة.. استسلمت منجرفة مسافة لم تحددها إلا بتتابع اللافتات الراقصة المضيئة بكل الألوان.. التيار المعاكس أوجه تشبه أقنعة المسرح الياباني، كل وجه يرمز لعالم تراجيدي مستقل، يعبر عنه بملامح أو كلمة.. من حين لآخر يصادفها وجه يكلمها في نظرة أو ابتسامة تنبئ عن أشياء غريبة لا تصدق، أشياء تخيفها وتستهويها في آن واحد.. لاح لها وجه من بين الوجوه بابتسامة حزينة، وجه فتاة تآكل جمالها.. همست لمَانِكي بكلمات لم تتبينها.. بدت كغريق يبحث عن خشبة خلاص.. استجابت لندائها، ابتسمت في وجهها، أخذت يدها، يدا عظمية باردة شدت قبضتها على يد مَانِكي، كما لو كانت تخشى أن تسلمها.. سحبتها.. أخرجتها من التيار، كمن ينقذ غريقا.. دخلتا بوابة مقهى قريب.. استقبلتهما امرأتان ملززتا البنية.. أخضعتاهما لتفتيش دقيق.. بعد جولة التفتيش، دعتاهما في ابتسامة عريضة للدخول.. القاعة غاصة، لا توجد طاولة، ولا مكان شاغر..

زاحمتا حتى وصلتا قرب الخوان، الذي ضاق على الزبونات ذلك المساء..

نظرت مَانِكي إلى وجه غريقتها: يبدو أنها بكت طويلا.. تجاوبت الغريقة مع تلك النظرة بابتسامة باهتة، متكلفة، استحالت إلى كشرة من ألم الشفتين اللتين تشققتا.. غمست مَانِكي إصبعها في الكأس وبللت بلطف الشفتين اليابستين في تغضن.. كانت تتساءل في نفسها: «لماذا استجبت لنداء هذه الفتاة، لماذا نتألم لآلام الآخرين؟ قد لا نقاسمهم شقاءهم، كما أننا قد لا نقاسمهم سعادتهم.. قبل قليل كانت تلوح في الحشود وجوه سعيدة، تبتسم، تنظر إلى الآخرين، كما لتقول لهم: "نحن سعداء! اضحكوا مثلنا، تعالوا قاسمونا سعدتنا!" لسن محتشمات، إنهن غافلات!».. جعلت ذراعها من وراء عنق غريقتها، ضمتها وواستها بلطافة.. لم تكن لديها سعادة تقاسمها إياها، كل ما باستطاعتها هو أن تقاسمها حزنها..

لما تنفست القاعة، أخذتا مقعدين وجلستا.. أمسكت يديها وحدثتها عن الشمس وعن أمها التي كانت تنوي زيارتها هذه الليلة.. ولما بدت مهتمة، حدثتها عن مقاهيها المفضلة على النهج 1006.. عندما لم يعد عندها شيء تقوله ودعتها معتذرة بأن ليس لديها وقت أطول.. تركتها جالسة، بدت أقل حزنا.. لما خرجت أحست بالبرد القارس يخزها.. ريح باردة، عاتية، تشيل ملابس المارات القلائل، عابثة بشعورهن.. ارتعدت من شدة البرد، رفعت ياقة معطفها، أدخلت يديها في عمق جيوبها، طأطأت رأسها وأسرعت الخطى في اتجاه اسْكَايْ اتْرَانْ.. كانت متعجلة للقاء أمها..

9

"أصدقاء الحب"

الليالي في السماء السابعة لا تمر بدون تأثير.. استيقظ آدم بينما كان النهار قد انقضى نصفه.. كان ما يزال تحت صدمة الليلة الطويلة الفارطة.. أحس البارحة بالشفقة تجاه هؤلاء الرجال الذين ينغمسون في المخدرات من أجل تناسي بؤسهم.. لكنه نسيان وجيز: عندما ينقضي مفعولها يكتشفون من جديد بؤسهم وآلامهم التي لا تطاق.. فظاعة المخدرات هي هذا التأرجح بين الوهم والحقيقة.. مع اقتراب المساء، أحس برغبة جامحة في الرجوع إلى وهم البارحة، غير أنه صمم على جواب آخر لمواجهة الشقاء في مركز إعادة التأهيل: قرر أن يؤسس جوابه على مبدأ بالغ التفاؤل: «الخير هو طبيعة البشر، أما الشر فإنه ينتج عن جهلهم.. لو أريناهم طريق الحق فإنهم سيختارونه!».. قرر أن يري الرجال طريق الحق، أن يعلمهم الحب، لكن يجب استعمال الحيطة، لأن مركز إعادة التأهيل هو مملكة الشر.. «في هذا العالم يبدو الخير شذوذا، لذا يكون لزاما على كل مبادرة خيّرة أن تبدأ بالكتمان، وعندما يحين الوقت الذي ستنجلي فيه، يجب أن يتم ذلك في حذر، كما تبرز إلى الوجود كائنات ضعيفة في عالم شرس».. قرر أن يقوم بمبادرة من أجله

96

والآخرين.. أخذ على نفسه التفاؤل، آمن بالآخرين؛ كان يعلم أنه يحتاج إليهم.. «قد تكون الفكرة نفسها راودت آخرين.. لكن كيف أميزهم بين الحشود؟ سأبدأ الاتصالات.. قد أجد ضالتي بعد أن أفاتح الآخرين، حتى ولو كان البشر لا يتكلمون إلا ليغالط بعضهم البعض.. أما النية الخالصة فهي شذوذ!»..

عندما اقتربت الساعة الخامسة توجه إلى نقطة التلاقي.. كان يريد أن يصارح البعض، عله يجد من يشاركه في مبادرته.. مع اقتناعه الجديد شعر بأنه رجل آخر، القرار ومغزى المبادرة منحاه وعيا آخر بذاته.. عندما خرج اتضح له وعيه والتحول الذي طرأ عليه.. نتج ذلك عن التباين بين الجديد الذي يعبر عنه وعيه بالطموح الذي طرأ عليه، والقديم الذي يعبر عنه جمود عالم مركز إعادة التأهيل.. في السماء بدت الشمس مترددة قبل الغروب.. تطاولت الظلال الكسلى في أصيل ذلك اليوم الصافي المتمطط.. اكتأب عندما شعر بالتباين بين سرعة جري زمن وعيه وتلاحق أنفاس هذا الزمن، وبين الزحف المحايد البطيء للزمن الخارجي؛ بدت له كل أعماله وكيانه نفسه هزؤا في بحر الزمن! تساءل عن معنى جهد حياته.. لا يبدو أن قناعاته الجديدة أثرت على ما يجري تحت الشمس؛ حيطان مركز إعادة التأهيل المسيجة بقيت ثابتة، راسية.. استمر في طريقه مُطأطِئا رأسه تحت هجوم أفكاره الكواسر.. وجد أن مجموعة سبقته إلى نقطة التلاقي.. الرجال يتبادلون الأحاديث ويضحكون، لا مبالين – أكثر من العادة – كما ظن آدم في خيبة أمل.. قليلون كانوا واجمين، لا يتكلمون ولا يضحكون، ينظرون إلى الآخرين في تمعن، أو إلى نقطة غير محددة من وراء كؤوسهم الفارغة.. من بين هؤلاء رجل جاوز الثمانين، واسع الجبين، أنزع، أصلع؛ شعره الثلجي

ينسدل على منكبيه؛ شاربه دقيق، مقصوص، لحيته الطويلة تداعب الطاولة.. عيناه الخضراوان صافيتان.. يداه على الطاولة في هيئة استرخاء؛ يرتدي سترة صوف دكناء واسعة المنكبين.. قرر آدم أن يفاتحه.. تردد وهلة ثم اتجه نحوه وجلس بإزائه على نفس الطاولة.. نظر إليه الشيخ طويلا كما لو كان يستشف حاجته.. قال له آدم:

- أريد أن أكلمك في أمر مهم جدا!
- لا تبالغ كثيرا، الحياة كلها نسبية!

أصيب آدم بالإحباط عند سماعه هذا الجواب.. لم يعد واثقا من نفسه.. قد لا يكون هذا الشيخ هو ضالته.. لكنه أحس بالراحة لكونه أقدم على تنفيذ الخطوة الأولى من مشروعه، ما خفف العبء عليه.. قال الشيخ:

- هل تريد أن نتكلم في مكان آخر؟
- نعم! أظن أن أنسب مكان هو قاعة المخدرين، في الطابق تحت الأرضي.. أعرف الطريق..
- كما تريد! هيا بنا!

لما وصلا قاعة المخدرين صارحه آدم:

- أولا كنت أريد أن أسألك منذ متى وأنت هنا في إعادة التأهيل..
- أنا هنا منذ ما يقارب الستين سنة!
- ستون سنة! لماذا كل هذه السنين؟
- المرأة التي كنت أحبها توفيت في أحد مراكز إعادة التأهيل ولم أستطع نسيان حبها!
- أنا لا أفهم لماذا نتحمل الظلم دون مقاومة!
- إنهم أقوى منا! ماذا نستطيع القيام به؟

- هذا ما كنت أود التحدث معك بشأنه.. أنا متيقن من أن الرجال خيّرون بالفطرة، ولو أنهم علموا أنهم يعيشون في الشر لعملوا على تغيير حياتهم!

- لا تكن جازما! لنأخذ مثلا الرجال الذين نعرفهم والذين يعيشون معنا هنا في هذا الجحيم.. كلهم يدرك أنه يعيش في الشر، وأن مركز إعادة التأهيل مؤسسة شر، لكنهم لم يقوموا بأي محاولة...

- لأنهم لا يستطيعون التمرد جميعا في آن واحد، لا بد من أن يقوم البعض بمبادرة تدل الآخرين على الطريق الصحيح...

- لماذا البعض ولا الجميع؟ هذه الروح النخبوية مشبوهة وكثيرا ما تؤدي إلى إجبار الآخرين! ثم إن هؤلاء الآخرين قد لا يقاسموننا موقفنا، قد يرون خلاصهم في شيء آخر.. ما نراه نحن خيرا قد لا يرونه كذلك، حتى ولو كنا مقتنعين بموقفنا.. علينا أن لا نحل محل عقولهم.. لنتصرف باسمنا! هل كلمت آخرين؟

- لا، أنت الأول!

- هل تعتزم الاتصال بآخرين؟

- إذا كنت ترى ذلك.. الآن، بما أننا أصبحنا اثنين، فلن نقرر إلا بعد التشاور..

- الظروف هنا تستدعي منا السرية التامة إذا أردنا إسماع صوتنا.. لذا يجب علينا أن نحد من عددنا، على الأقل في البداية.. أعرف شابا هماما سبق أن كلمته.. سأحدثه من جديد.. عندما نكون ثلاثة يمكننا تنفيذ مبادرتنا مع الاحتفاظ بالسرية.. هدفنا واضح : نريد إحلال الحب.. سنسعى إلى شرح هذا الموقف وإلى جعل أكبر عدد ممكن من السجناء يعملون لتحقيقه.. قبل ذلك علينا أن نجد اسما لحركتنا.. أقترح أن يكون "أصدقاء الحب".. عندها يمكننا توقيع أعمالنا ب "أحب".. هناك ثلاثة أنشطة يحب القيام بها: الأول هو تحرير وتوزيع إعلان مبدئي باسم

"أصدقاء الحب"، على أن يبلغ إلى أكبر عدد ممكن؛ الثاني رسم شعارنا على حيطان المركز مع توقيعنا؛ الثالث هو تحرير عريضة تشرح نظريتنا في الحب وتوضح مكانته.. فيما يخص الإعلان وإبلاغه فإنني أتكلف بذلك.. سأستخدم شبكة الإنذار.. تخصصي هو تصميم هذا النوع من الشبكات.. سأستخدم مِجْهارا مغيرا للصوت، كي لا يتعرفوا على صوتي.. أُفضّل الإبلاغ عن طريق شبكة الإنذار لأنها توصل الصوت إلى كل مكان في المركز، في البيوتات، الممرات، دورات المياه، نقاط التلاقي، وحتى في الخارج.. أما أنت فعليك أن تلعب دور الأيديولوجي، عليك أن تحرر العريضة النظرية، على أن نحدد طرق توزيعها فيما بعد.. المهمة الأصعب هي الكتابة على الجدران.. يجب تقسيم المركز إلى منطقتين إحداهما تتكلف أنت بها والأخرى نسندها إلى الشاب الهمام..

- هل تثق فيه؟

- نعم! لكن لأسباب أمنية لا يمكنكما أن تلتقيا.. لا داعي لأن يتعرف عليك.. سأتولى التنسيق بينكما..

- متى نعلن عن مبادرتنا؟

- غدا في الصباح الباكر.. الليلة سأفتح منفذا يمكنني من استخدام شبكة الإنذار.. وسأصنع المِجْهار.. قبل ذلك سأكون قد جهزت الإعلان الذي سأقرأه.. من الأفضل أن تنتهيا من كتابتكما على الجدران قبل الفجر.. عليكما أن تبدئا عند السعة الخامسة صباحا..

- سأكتب على الجدران في الجانب الغربي، مرورا بنقطة التلاقي، وعلى الشاب الهمام أن يتكلف بالبقية..

- سأخبره.. من الأفضل ألا نلتقي بعد الليلة، على الأقل لمدة أسبوع أو أسبوعين، لئلا نكتشف.. أجهزة الأمن ستكون في حالة استنفار قصوى.. إن أي ميلاد جديد يكون مجازفة بالنسبة للمولود الذي

يمثل خطرا على العالم الذي يولد فيه.. الميلاد يدخل الكائن ساعة يولد في خطر، لأنه قد يمثل تهديدا.. لذلك يتلقاه العالم بالكراهية والمعاداة والعنف، يحاول قتله في المهد، كما حدث لموسى عليه السلام لما ولد في عالم فرعون.. كانت أمه تتضرع إلى الله كي يحميه من قتل فرعون الذي كان قد قرر إبادة جيله، متوعدا باستقبال مرعب يبرر وحده صرخة المولود ساعة يولد.. ما كان يجهله فرعون هو أن موسى سيولد منه وفي بيته.. لما أعلن السحرة والكهنة لفرعون أن طفلا سيولد ويهدم ملكه، لم يكونوا على بصيرة من الأمر، لأنهم تنبأوا بجميع الأرحام إلا رحم فرعون: لم يكن الخطر الذي يهدد فرعون في رحم امرأة، إنما كانت مملكته تحمل به.. لقد أنجبه في ملكه! تبدو المواليد الجدد ضعيفة، لكنها قد تنبئ عن قدر محتوم، قد تنبئ عن نهاية العالم الذي تولد فيه؛ في هذه الحالة تكون تحت حماية القدر، فيسود الجديد لا محالة.. ينتظم البشر في مجتمعات فرعونية، ظانين أنهم قادرون على الحيلولة دون ولادة موسى بإبادة جيله.. لكن موسى ماض في طريقه إلى النور.. ميلاده يقترب على وتيرة زلات الفراعنة.. لماذا إذن إبادة الأجيال؟ قد يبيدون فكرتنا، قد لا تصمد أمام عنف المركز الفرعوني، لكنها أيضا قد تمثل نجم المولود الجديد!

الهرب من الكشافات التي تضيء المركز كالشموس مستحيل؛ لكن آدم وجد حيلة للتخفي : قرر أن يكون عاريا تماما وأن يطلي جميع جلده بلون مطابق للون بنايات المركز.. في طريق عودته من نقطة التلاقي مر بالورشة وأخذ رذاذتي طلاء بدون رائحة، وردي، وطيني بلون حيطان المركز.. عند الساعة الرابعة، نزع جميع ملابسه وطلى جسده.. لبث

بعض الوقت حتى جف.. أصبح رجلا من طين.. أخذ الرذيذة التي تحوي طلاء الكتابة وردية اللون، صبغها بنفس لونه.. عند الساعة الخامسة خرج من باب الغرفة، رجلاه الطينيتان تنزلقان فوق الأرضية الملساء اللماعة.. عيناه المحمرتان سهرا ظهرتا كشعلتين تتقدان داخل هذا الكائن الطيني.. بدأ الكتابة حين صار في الممر.. كان يكتب شعارات ثلاثة: "دعونا نحيا!"، "دعونا نحب!"، "يسقط الفراعنة!".. وتحت كل شعار يثبت التوقيع: "أحب"؛ ومن خلفه ترتسم الكتابة الوردية كحروف هيروغليفية على جدران قبر فرعوني..

في الخارج، عندما كان يحس بمجال الكشافات يتسلط عليه، يلتصق بالحائط، يتسمر ويغمض عينيه، فلا يميز.. يتمهل حتى يحس من وراء أجفانه الطينية أن ضوء الكشافة قد ابتعد، يفتح عينيه ويبدأ الكتابة من جديد.. غطى نصف المركز في أقل من ساعة.. لما رجع إلى غرفته دخل تحت مرشة الحمام ليسلخ جلده الطيني. تنظف بعناية ثم دهن جلده بمادة مزيلة للروائح.. لكنه بعدما انتهى كان لا يزال يشم رائحة الطلاء.. تذكر الرذيذة.. أسف أنه رجع بها معه.. كان لزاما عليه الآن أن يجد لها مكانا يخبئها فيه.. لم يجد أنسب من الحوض المائي للمرحاض، فتحه ووضعها داخله ثم عاود إغلاقه.. استلقى على السرير ونام لتوه.. أيقظه صوت رهيب.. في البداية لم يكن يعرف من أين أتى هذا الصوت المخيف، لم يربطه بصفارة الإنذار... بعد لحظات انقطع الصوت ورن في حلم يقظة صوت مألوف: "إلى كل الرجال الذين يخضعون لتعذيب إعادة التأهيل، نحن سعداء بالإعلان عن ميلاد مجموعة أصدقاء الحب.. نطالب بتبرئة الحب وبحقنا في الحياة.. نقول لا للمجتمع الفرعوني! حياة فكرتنا، التي هي حياتكم، جعلناها الآن بين أيديكم، نحن نعول عليكم.. أصدقاء الحب"..

غاب الصوت ورجع الصمت إلى الغرفة.. قفز آدم رافعا جناحيه، قابضا يديه، ناسيا خدر جسده "مرحى! مرحى! أحسنت!" أحس بفخر شديد وبالإعجاب والاحترام تجاه الشيخ العجوز الذي أدى مهمته على أحسن وجه.. بعد أن خفت نشوة الفرح رجع لمضجعه ودخل في سبات عميق..

10

مستشفى المقعدات المسنات

طول طريقها كانت مَانِكي تفكر في وجه وشقاء الفتاة الغريقة.. ودت لو واستها وقتا أطول لتخفف من آلامها.. لكنها كانت تعلم أنها ليست الفتاة الوحيدة التي تشقى وأن العالم مليء بالشقاء، وأنها ليس باستطاعتها الكثير لتغير ذلك.. كانت متعجلة للقاء والدتها.. لم تكن تعرف هل ستصارحها بحبها لآدم.. قد لا تتفهم ذلك الحب، قد لا تجد مبررا لانتهاك محرمات الخدمة، حتى إنها قد تفشي سرها وتعرضها للسجن من جديد.. لا لن تبوح بحبها! تلك مخاطرة من الأفضل تفاديها..

لما دخلت العمارة التي تسكنها ولادتها، تذكرت رائحة الخبز الذي كانت تحضره في الصباح، قبل الذهاب للمدرسة، رائحة القمح المشوي.. هذه الرائحة الطيبة، الشهية، لم تكن في ذاكرتها، كانت تنبعث من بوابة العمارة ومن البهو.. تحت تأثير تلك الرائحة تغير إحساسها بالزمن، تيقنت أنها طفلة صغيرة وأنه الصباح الباكر وأنها تأتي بالخبز.. نظرت تبحث عن الخبز بين يديها، لا يوجد خبز والساعة العاشرة!

تذكرت أنه المساء وأنها غادرت للتو النهج الذي توجد عليه مقاهيها المفضلة... صعدت السلم برشاقة طفلة صغيرة، صعدت جريا مجتازة الدرجات، يدها اليسرى منزلقة على درابزين السلم، غير مكترثة بمواطئ قدميها، حتى وصلت إلى الطابق الثالث، أمام عتبة الشقة التي تسكنها أمها.. سجاد العتبة القديم أمام الباب داسته الأقدام حتى تآكل.. تذكرت أن قدميها ساهمتا في إخلاقه وتآكله، كما تطوؤه الآن.. استرجعت أنفاسها قبل الضغط على زر جرس الباب، لم تعد طفلة صغيرة... سمعت رنين الجرس.. تذكرت الليالي التي كانت تعود فيها أمها بعد سمر طويل، تدق الباب لأنها نسيت مفاتيحها.. تكون مَانِكي الصغيرة قد نامت منذ وقت طويل.. تقوم متعثرة من ثقل النوم، فزعة، تبحث عن الهاتف.. عندما تحمل السماعة ولا تجد صوتا تتذكر الباب، تتحسس زر الضوء، تشعله تبحث عن المفاتيح، بينما يستمر الجرس يرن في عناد.. تسرع إلى الباب الذي تلصق به أذنها للتنصت، لم تكن تطول المنظار.. عندها تسمع صوت أمها: «مَانِكي، صغيرتي، افتحي الباب، أنا أمك، نسيت المفاتيح...» فُتح الباب.. وجدت نفسها أمام امرأة لا تعرفها، ترتدي بزة بيضاء صقيلة باردة، تهب منها رائحة ممرات المستشفيات.. خطت خطوة إلى الوراء، ظنت أنها أخطأت الباب..

- سامحيني، أليس هذا هو الواحد والثلاثون؟
- نعم هذا هو!
- إذن أمي لم تعد هنا؟ أين انتقلت؟
- إذا كانت أمك هي التي تسكن هنا، فهي في المستشفى..
- يا لهفي! ما بها؟ هل هي في خطر؟
- تعلمين، في مثل هذه الحالات لا يمكن التأكد... أنا هنا من أجل جلب بعض الحاجات إليها..

- متى يمكنني مقابلتها؟ وأين؟

- إنها توجد في مستشفى "المقعدات المسنات" على النهج 375 في الضاحية الغربية؛ الغرفة رقم 1017.. يمكنك زيارتها من الخامسة حتى السابعة..

- أشكرك! هل يمكنني التعويل عليك في إبلاغ أمي أني عدت من الخدمة، وأني سأزورها غدا؟

- سأبلغها..

- ودعت الممرضة وهبطت مع السلم.. كانت تود لو أنها قضت بعض الوقت في منزل صباها... لكن هذه المرأة الغريبة ورائحة المستشفى حملتها على العدول عن ذلك.. مع ابتعادها عن منزل أمها، خيم عليها حزن شديد، شعور محايد، ثقيل، سيطر على كل مشاعرها، الحزن أمام القدر المحتوم الذي يسلم البشر للمرض والهرم والموت! «المحزن حقا هو ذلك الهرم الذي يأتي على الكائنات قطعة قطعة، بلا هوادة!».. ارتعدت تحت وطأة الرياح الباردة التي ازدادت شدتها، مخترقة ثيابها لتدخل مع جميع مسام الجلد.. نظرت من حولها.. شخوص قليلة تمر بسرعة الرياح.. أحست بالإرهاق.. حثت خطاها لتعود إلى منزلها..

مستشفى المقعدات المسنات مبنى كبير من إسمنت وفولاذ.. بدل أن يرتفع في السماء غاص في الأرض؛ طابق واحد يطفو والطوابق الأخرى كلها تحت الأرض.. أخذت المِصعد.. نزل بها عشرة طوابق.. ولما انفتح باب المصعد، وجدت نفسها في ممر طويل شديد الإنارة، يحفه حائط مصمت من زجاج سميك، تتراءى من ورائه نساء مسنات فوق أسرة من حديد.. جابته مَانِكي متفحصة من وراء الزجاج.. بعض العجائز

يلطمن وجههن ويصرخن ، لكن الزجاج العازل حجب الصوت.. ظهر على أكثرهن الوهن والشحوب والرعب.. يبدو أن بعضهن لاحظ شخص مَانِكي من وراء الزجاج، ينظرن جهتها بدون حراك.. بعض الشفاه تختلج.. هناك عجوز هزيلة استطاعت الاقتراب من العازل.. كانت تضرب بكفيها على الزجاج، عينها شاخصتان، شفتاها المتهدلتان المبللتان لعابا ارتسمتا على الزجاج الذي صار عدسة مكبرة... لمحت مَانِكي أمها ممددة على ظهرها فوق السرير.. نادتها وهي تدق الزجاج، لكنها بقيت كالغائب تنظر في الهواء.. دقت بقوة، صارخة باسمها، لكن بدون جدوى...

صارت تبحث في الحائط الزجاجي علها تجد أي فتحة.. لم تصادف إلا سماكته المكتنزة ما بين 1016 و 1018 وطول الممر كله... رجعت إلى الرقم 1017 وعادت تطرق الزجاج بجُمع يديها صارخة: "أمي! أمي!" لم تتوقف إلا بعد أن آلمتها يداها.. انكبت على وجهها، متشبثة بالعازل وأجهشت بالبكاء.. دموعها أحدثت وصمات بخارية على الزجاج، دموع عجز وحنق وإحباط.. كانت مربكة: «أنا هنا أمام أمي التي تتألم؛ أنظر إليها من وراء حائط المبكى الزجاجي وهي لا تراني، أكلمها ولا تسمعني... هذا لا يطاق! لا بد لي أن أجد وسيلة لكي تراني، لكي تسمع كلامي!» نهضت واقفة؛ أمها مازالت على السرير في نفس الوضعية.. تساءلت كيف دخلت أمها في هذا السّجّين.. رجعت مع الممر باتجاه المصاعد لتعود إلى الطابق الأول.. لما خرجت من المصعد جابت البهو الكبير في كل الاتجاهات.. كانت تسأل كل امرأة تصادفها عن كيفية الوصول إلى المريضات.. لكن أي أحد لم يعطها جوابا.. لحظت جهاز

هاتف كتبت عليه عبارة "استعلامات".. حملت السماعة، رن الهاتف؛ أجاب صوت:

- هل يمكنني مساعدتك؟
- أخيرا! نعم، بالقطع!... أريد مقابلة أمي...
- رقم الغرفة؟
- 1017
- انزلي إلى الطبق العاشر سأشعرها بك..
- لكن...

كان الصوت قد انقطع.. هرعت نحو المهابط، ضغطت على كل الأزرار ثم قفزت في أول قادم ونزلت إلى المستوى العاشر.. خرجت تجري من المصعد، تلتفت يمينا وشمالا حتى وصلت إلى الرقم 1017.. أمها الآن ملتفتة صوبها، لكن العازل السميك ما زال يفصلها عنها.. يبدو أنها تراها، لأن ابتسامة حزينة طفت على وجهها.. قالت مَانِكي بصوت عال بين ضحك وبكاء:

- كيف حالك ماما؟ قولي لي كيف يمكنني الدخول...

لكن أمها بقيت هامدة، تنظر بأعين كبيرة زجاجية، والابتسامة الحزينة مرتسمة على شفتها.. لاحظت مَانِكي التغير الشديد الذي طرأ على نظرات أمها: «لا بد أنها عانت كثيرا...» استمرت تكلمها كما لو كانت تسمعها، ثم سكتت ونظرت إليها طويلا في صمت.. رنت في الممر صفارة إنذار وعندما توقفت سُمع صوت محايد: "حذار! حذار! انتهى وقت الزيارة! بعد خمس دقائق ستبث غازات مبيدة في جميع الممرات.. من أجل سلامتكم ندعوكم إلى الخروج فورا! من أجل سلامتكم ندعوكم إلى الخروج فورا!" نظرت من حولها رأت النساء القليلات اللائي كن

108

في الممر يسارعن إلى الخروج.. «تعسا لك! لن أغادر قبل مقابلة أمي! لن أبرح هذا المستشفى اللعين قبل أن أكلمها!» أمها ما زالت تصوب نحوها من وراء الزجاج نفس النظرة الباهتة الشاردة، لكن شفتيها بدأتا تتحركان قليلا، كما لو كانت تستغيث وتستنجد.. بدأت رائحة كريهة تهب.. غمرت بسرعة كل الممر.. أصيبت مَانِكي بالسعال الشديد واحمرت عيناها اللتان بدأتا تحسان بوخز مؤلم.. بدأ الزجاج يقتم ثم لم يعد يرى ما خلفه، غطاه ضباب كثيف.. هرعت نحو المصاعد.. لما خرجت وجدت البهو خاليا.. توجهت إلى الهاتف، كانت تريد أن تسأل لماذا يمنعونها من مقابلة أمها.. رفعت السماعة التي غابت منها كل الأصوات إلا صوت الهاتف المشغول.. وضعتها ثم رفعتها من جديد، ثم عاودت مرة أخرى دون جدوى... لحظت وسط قرص الهاتف: "استعلامات.. من الخامسة حتى السابعة مساء".. رمت بالسماعة وخرجت مريضة، منهكة القوى، متقززة..

في طريقها إلى شقتها لم يكن أحد يلاحظ معاناتها، بدت الكثيرات سعيدات.. أقبل الليل.. بدأ يستحوذ على المدينة وعلى نسائها.. إنها مولعة بالليل، يستهويها ويخيفها في آن واحد.. قد يرجع ذلك إلى زمن طفولتها.. في تلك الفترة، كانت أمها تخرج كثيرا في الأماسي ولا تعود إلى البيت إلا آخر الليل.. تنتظرها مَانِكي وحدها، ثم يستولي عليها النوم.. أحيانا تستيقظ فجأة، تبحث عن أمها ولا تجدها.. عند ذلك تبكي طويلا، جالسة على سريرها، رأسها بين ركبتيها، مرعوبة في الظلام.. تذكرت بجلاء إحدى هذه الأماسي.. كانت في العاشرة من عمرها.. استيقظت، بحثت عن أمها، لم تجدها.. أخذت تبكي خائفة.. استمرت طويلا.. ثم نهضت وسحبت ستائر النوافذ لترى المدينة: مشهد ضوئي رائع يرقص في جميع

109

الألوان.. بدت المدينة أكثر حياة منها في النهار.. كل هذه الحياة طمأنتها، فتحت النافذة، غمرتها سنفونية عجيبة من أصوات المدينة، التي دخلت الشقة وكل مسام جسدها.. لم تعد تسمع أصوات المدينة، صارت تتنفسها، تلمسها، تبتلعها.. استولت عيها روح المدينة وأنستها خوفها...

11

الروبوت المُعَذِّب

عند الساعة الخامسة خرج آدم كعادته في زيارته اليومية إلى نقطة التلاقي.. ثمة رجال كثيرون، أكثر من العادة في هذا الوقت من النهار.. كانوا متجمهرين يتناهشون الأحاديث في صخب.. توجه إلى البار وطلب كوكتيل.. جلس ينظر إلى القاعة.. تراءت له من بعيد هامة الشيخ الأشيب.. كان جالسا في إنصات إلى الآخرين، شعره الثلجي مسترسل على منكبيه.. زاحم آدم والتحق بمجموعة.. كانوا يستمعون إلى رجل شاحب الوجه.. شعره طويل ثائر، يلبس نظارتين..

-... تاريخ الحب تاريخ من الأوهام والفشل.. العاطفة التي ندفع اليوم ثمنها لم يعد لها معنى منذ أن فقدت أصلها البيولوجي...

- أي أصل بيولوجي؟ سأله أحد الذين تجمهروا وتحلقوا حوله.. لا أعرف أصلا بيولوجيا! كنت دائما أرى أن عاطفة الحب تبرر نفسها بنفسها...

قال الرجل ذو اللمة الثائرة:

- ذلك ليس الحال في المجتمعات المختلطة القديمة.. العلاقات بين الرجال والنساء أسست في تلك المجتمعات على التكامل في الإنجاب.. اليوم يجب أن تقوم هذه العلاقات على أسس أخرى.. يجب أن نضمن حق الحب خارج الاعتبارات الإنجابية.. لذا أرى أن مطلب "أصدقاء الحب" مطلب عادل.. نرفض حظر الحب!

صار الرجال يرددون بصوت واحد:

- نرفض حظر الحب! نرفض حظر الحب! نرفض حظر الحب!

صاح أحد من جهة الباب:

- حذار! رجال الأمن!

ذعر من في القاعة، بدأوا يحاولون الفرار.. بدأ الروبوتات والرجال المقنعون المدججون بالسلاح يتدفقون من الباب.. اهتزت القاعة تحت أقدامهم.. أحاطوا بمن في القاعة.. أخذوا يضيقون الخناق، تتقدمهم حرابهم.. وجد آدم نفسه وسط الدائرة التي كانت تضيق.. أحس بعضلاته تتمزق وعظامه تتهشم تحت ضغط الآخرين! جاء صوت منبعث من أبواق الإنذار:

- إلى كل السجناء، تغلق ابتداء من اليوم جميع نقاط التلاقي حتى إشعار جديد.. يحظر ابتداء من اليوم الكلام مع الآخرين، عليكم أن

112

تلزموا غرفكم ولا تغادروها إلا في حالة استدعائكم من طرف المشرفين.. إن أي مخالفة ستواجه بعقاب شديد.. الآن توجهوا كلكم إلى غرفكم.. أسرعوا!

انسل أحد رجال الأمن من الدائرة تاركا فرجة ضيقة.. تفلت الرجال واحدا واحدا مسرعين إلى غرفهم.. كان آدم قلقا.. لم يحرر حتى الآن العريضة النظرية وحتى لو حررها فإن توزيعها مستحيل في مثل هذه الظروف.. لكن تذكره للنقاش الذي كان يجري قبل مجيء رجال الأمن بعث بعض الأمل في نفسه: فكرته بدأت تشق طريقها إلى عقول الآخرين، لكن أعداءها بدأوا يهددونها بالموت..

الشيخ في غرفته مشغول البال.. يزعجه حظر الكلام مع الآخرين في الوقت الذي أصبح لديه ما يقوله لهم.. فهو وإن كان يكره أحاديث المجاملات مع الآخرين، إلا أنه لا يطيق الحياة بدونهم إذا كان عنده ما يريد تبليغه.. «هذا الحظر يمكن أن يستمر طويلا.. لابد أن أجد طريقا يضمن لي التبليغ...» خيل إليه أنه سمع صوتا بالباب، كما لو أن أحدا يقرع خفيفا.. اقترب من الباب وألصق به أذنه.. كان أحد يقرع بلطف، كأنه يخاف أن يسمع.. تساءل الشيخ «من قد يكون؟» كل الرجال محتجزون في غرفهم والمفاتيح عند المراقبين.. سأل الشيخ:

- من بالباب؟

لم يصدر جواب، بل حاول الشخص فتح الباب.. «لعله أحد المراقبين أضاع مفاتيحه».. انفتح الباب.. دخل الشاب الهمام وأغلق الباب خلفه.. بدا الشيخ مندهشا..

113

- يا للكارثة! أنت مجنون! كيف خرجت من غرفتك؟ كيف فتحت الباب؟

- اخفض من صوتك! قد يسمعنا أحد! أنت تعلم أن لا قفل يصمد أمامي...

- لكن المراقبين يمكنهم الدخول في أي وقت!

- أعرف، لكنني لم أعد أتحمل هذه العزلة التي تصيبني بالجنون... لن ألبث طويلا! كان لزاما علي أن أتشاور معك في قضية مهمة.. الوضعية الراهنة خطيرة على مبادرتنا، قد ينتج عنها وأد مشروعنا في المهد! فكرت مليا، توصلت إلى ضرورة إيجاد وسيلة تضمن استمرارية نشاطنا.. ما دامت العزلة قائمة فإني الوحيد الذي يمكنه الخروج والدخول في أي مكان شئته...

- أوجز! هات ما عندك!

- ها هو! لقد صنعت قنبلة من خمسين كيلوجراما ووضعتها في مطعم المراقبين، وجهاز التحكم موجود في غرفتي.. جئت إليك لتعطيني الضوء الأخضر في تفجيرها باسم حركتنا...

- أنت أشد جنونا مما اعتقدت! مطعم المراقبين يوجد وسط الحي السكني...

- فعلا، سيحدث الانفجار ضحايا من بين الخاضعين لإعادة التأهيل، لكن قضيتنا تبرر التضحية بأرواح بعض السجناء...

- لا! حياة سجين واحد أثمن من كل القضايا! إنها مسألة مبادئ! لا أريد اللجوء إلى الإرهاب!

- حتى ولو داستنا أقدام الطغاة؟

- حتى ولو داستنا أقدام الطغاة؟

- هذا مناف للعقل! لا يجوز لنا أن ندع السلطة تحتكر حق الإرهاب!

114

- إرهاب السلطة ليس حقا، إنه تجاوز كباقي التجاوزات!
- لا يمكننا الاستسلام! يجب أن نرد على العنف بالعنف!
- أنت لا تفهم معنى حركتنا! الإرهاب لا يتلاءم مع فكرة حركتنا! نحن عكس السلطة لا نريد أن نفرض أفكارنا بالقوة!
- السلطة تسلبنا حقنا في التعبير! الوسيلة الوحيدة التي بقيت لنا هي العنف، السلطة لا تترك لنا الخيار! سأفجر القنابل طالما أنهم يمنعونني من حرية الكلام!
- إذا فجرت قنبلة واحدة فإن حركتنا ستتبرأ منك!

أخرج الشاب الهمام مسمارا وتوجه إلى الباب وفتحه بسهولة هذه المرة، ثم خرج دون أن يلتفت.. أصيب الشيخ بالندم: «لقد خلقت إرهابيا دون إرادتي! ساهمت السلطة كثيرا في هذه النتيجة...»

في ذلك المساء حدث ما كان يخشاه آدم منذ أيام.. كان نائما عندما أيقظه صوت فتح الباب.. دخل روبوت ومعه اثنان من رجال الأمن.. أشعلوا جميع أضواء الغرفة.. آدم ما زال على سريره.. بدا كما لو أنه لا يفهم ما يحدث.. نهره الروبوت: "قم!" نزل من السرير.. زجروه بعنف:

- انزع ثيابك والتصق بالحائط!

نزع قميص منامته..

- الكل!

قالها أحد رجال الأمن وضرب آدم بأخمص بندقيته.. نزع بقية منامته وهو يتلوى..

115

- سارع! ألصق وجهك على الحائط وضع يديك على عنقك!

كان الروبوت ينبح بأوامرهما، ورجلا الأمن يشهران سلاحهما.. التصق آدم بالحائط مشبكا يديه وراء عنقه، يرتعد جزعا، ينتظر كل لحظة ضربة تقصم ظهره.. بقي أحدهما يراقبه وبدأ الروبوت صحبة الآخر يفتش أرجاء الغرفة.. بدأوا بالسرير، شققوا الحشية والوسائد ولما لم يجدوا شيئا قال الروبوت:

- خذوه إلى قاعة الاستجوابات!

أوثقوه، أحس بالفولاذ البارد يهشم عظام زنده.. رفسه أحد رجال الأمن رفسة على الظهر أخرجته من الباب وسقط من جرائها خارج الغرفة. أخذوا يجرونه في الممر حتى أوصلوه إلى قاعة الاستجوابات.. أجلسوه على مقعد من حديد مفروش بالمسامير.. أحس المسامير تخزه، حاول النهوض لكنهم أعادوه للجلوس بعنف وأوثقوه بحبل من النايلون.. رفع الروبوت الأمن ذراعه وصفعه بقوة..

- أيها القذر! أنت إذن هو الذي لطخ جدران المركز؟

حاول آدم الجواب لكنه لم يستطع من شدة الألم.. صفعه مرة ثانية..

- هل تجيب؟ أجبني وإلا انتزعت لسانك! هو أنت أم آخر؟
- نعم إنه أنا! قالها آدم في صرخة ألم..
- من الذي ساعدك؟ كنتما اثنين، صح؟
- لا... كنت بمفردي!

جلب له هذا الجواب لكمة على البطن تقيأ إثرها..

- ما اسم المجرم الذي كان معك؟

116

ـ كنت وحدي! تمادى آدم..

ـ إذا كنت معاندا فإني أعرف كيف أعاملك!

أخذ كلابة كانت على الطاولة قرب المقعد، من بين وسائل تعذيب أخرى، ثم رفس آدم رفسة أسقطته والمقعد.. انكب على وجهه وجراحه تنزف دما؛ قبض على رسغه وبدأ ينزع ظفر إبهامه.. كان آدم يصرخ ألما ورعبا.. رن جهاز أصفر مثبت على الحائط عند الجانب الأيسر من المدخل.. بعد الرنة الثالثة ضغط الروبوت على أحد الأزرار:

ـ غرفة الاستجوابات، أستمع!

لبث وقتا ثم قال:

ـ سنصل حالا لاستلامه!

وأضاف:

ـ لقد توصلوا إلى فك رموز صوت المجرم الذي استخدم شبكة

الإنذار...

117

12

موت الأم

في اليوم التالي رجعت مَانِكي إلى مستشفى المقعدات المسنات.. عندما دخلت البهو المشؤوم كانت الساعة تشير إلى الرابعة، ما زالت أمامها ساعة قبل أن يحين موعد الزيارة.. وصلت قبل الموعد لتقنع سلطات المستشفى بأن يدعوها تقابل أمها.. لم تعد عندها الشجاعة للنظر إلى الابتسامة الحزينة والنظرة الباهتة الشاردة من وراء الزجاج العازل.. كانت تريد الإمساك بيدي أمها ومواساتها وتسليتها، كما كانت تسليها وتواسيها؛ كانت تريد أن تحس حضورها وأن تثبت لها تعلقها بها، بدلا من الأمس الذي ظهرت فيه كما لو كانت تمثالا.. ذهبت إلى الهاتف حملت السماعة، سمعت رنينا متواصلا ينبئ بأن الهاتف لا يشتغل.. رأت امرأة ترتدي بزة بيضاء تخرج من المصعد..

عندما اقتربت منها تعرفت على الممرضة التي استقبلتها عند باب شقة أمها..

- ألم تلاحظي أن هذا الهاتف لا يعمل إلا في أوقات الزيارة؟
- كنت أريد الاتصال بأحد مسؤولي المستشفى.. لا بد من مقابلة أمي! لا بد أن أكلمها وأن تعلم أني هنا!
- لقد فات الأوان، أمك توفيت البارحة قبيل الفجر!

قفزت مَانِكي على الممرضة ولببتها وهي تصرخ:

- هذا مستحيل! أنتن بشعات! لقد اغتلتن أمي! عرفت ذلك، عرفته أمس، لماذا منعتنني من مقابلة أمي؟ لماذا؟

كانت تمسك بتلابيبها وتبكي والممرضة تحاول التملص منها..

- دعيني عنك! أمجنونة أنت؟!

تركتها مَانِكي واضعة يديها على خديها في انتحاب: "قاتلات! مجرمات!" كانت الممرضة قد دخلت المصعد.. بقيت مَانِكي طويلا في البهو الكبير ملقاة على الأرضية، تبكي في ألم وحنق.. ثم جاءتها امرأتان ترتدي كل منهما جلبابا أسود طويلا.. قالت إحداهما:

- اتبعينا، سنقوم بحرق جثة أمك..

ساعدتاها في الوقوف وسحبتاها نحو المصعد الذي نزل بهن إلى آخر طابق أرضي.. دخلن قاعة واسعة باردة.. رأت أمها ممددة على طاولة تتوسط القاعة.. سارعت نحوها، أخذتها بين ذراعيها، ووضعت رأسها على صدرها..

119

- ماما حبيبتي! لقد اغتلنك! منعنني من مقابلتك! كنت أعرف أنهن
يردن اغتيالك!

- دعيك من هذا، كفاك! الآن سنبدأ في تجهيز أمك..

أمسكت إحداهما ذراع مَانِكي وسحبتها.. توجهت الأخرى صوب الجثة،
سحبت من فوقها الغطاء، طوته بعناية ثم وضعته على الأرضية؛ بدا
الجسم عاريا هامدا على الطاولة.. ارتعشت مَانِكي.. وقفت كل من
المرأتين في جانب.. فتحت كل منهما درجا من أدراج الطاولة.. ألقت
مَانِكي نظرة داخل الدرج في جانبها: كان مليئا بوسائل التجميل المختلفة
الراقية: عطور، كريمات، أغسال من كل نوع، مساحيق؛ تشكيلة كاملة
من مواد التجميل.. وضعتا على الطاولة قنينتي غسيل وبعض القطن..
أخذت كل منهما قطعة قطن وسكبت عليها الغسول وبدأتا تنظفان الجسم..
عندما يتسخ القطن أو يجف ترميانه في سلة كبيرة تحت الطاولة ثم
تأخذان قطنا جديدا تبللانه بالغسول ويبدأ التنظيف من جديد.. عندما نظف
الجسم كله أخرجتا نوعا آخر من الغسول لتنظيف الوجه.. بينما كانت
إحداهما تنظف الوجه، قامت الأخرى بتمشيط شعر الرأس.. ثم بدأتا
تتحدثان:

- كانت امرأة فاضلة! كانت مسالمة!

قالتها الماشطة كما لو كانت تؤدي دورا مسرحيا كررته آلاف المرات..
أجابتها الأخرى التي كانت تُمَكْيِجُ الوجه، وبصوت لا يقل تمسرحا عن
الأولى:

- نعم! كانت مثالية، لم تسبب أي مشكلة في مجتمع النساء!

كانت مَانِكي تستمع إلى هذا الحوار ولا تكاد تصدق، تنظر إليهما بعينين جاحظتين.. «كيف يمكن لهاتين الجنائزيتين أن تتكلما عن أمي بهذه النبرة؟».

- كانت مخلصة لإلهتنا.. أنجبت خارج سلطان الرجال..
- تميزت في عملها بإخلاصها وقدراتها..
- قامت بتربية ابنتها على أحسن وجه..
- نعم، بموتها نكون فقدنا إحدى نسائنا الفاضلات!
- هو الموت، يقتنص خيْراتنا...

كانتا تتبادلان هذه الأحاديث المبتذلة حول الموت، موت الأخرى التي هي نهاية تفرد شخصيتها، ورجوعها إلى الشخصية الجمعية.. أحاديث تافهة عن موت الأخرى تنبئ عن بداية عودتها إلى الشخصية الجمعية، بعد موتها وفناء شخصها. قالت المرأة التي كانت تنظف الوجه مخاطبة الماشطة:

- الآن يمكننا أن نبدأ المكياج.. عليك قبل ذلك اطلبي الفستان من المضمضة؛ لقد أخذت المقاييس أمس، لا بد أن تكون قد جهزته..
- نعم، أنهي تصفيف الشعر، وآتي به..

أخذت منظفة الوجه كريما مسائيا ثم أخرجت لوازم المكياج: ألوان، فرشاة، أهداب اصطناعية، أحمر الشفاه، منمصات، ومراود مختلفة.. نمصت الحاجبين وخطت مكانهما خطين دقيقين بالمرود الأسود.. الماشطة التي أنهت من تصفيف الشعر ذهبت لتحضر الفستان.. بقيت مَانِكي والنامصة وحدهما.. كانت تنظر في صمت ووجوم إلى وجه أمها، تتأمل ذلك الوجه الذي أخذ يفقد ألفته المعتادة تحت يدي النامصة التي بدأت تصبغ الشفتين بأحمر الشفاه اللامع، ثم أخذت مسحوقا بنفس اللون صبغت به وجنتيها

وجفنيها قبل أن تلصق لها رموشا طويلة.. رجعت الماشطة تحمل فستانا مسائيا أنيقا، ونعلا بأقدام شوكية، وضعت النعلين على الأرضية وعلقت الفستان..

تحولت الماشطة إلى مدرّمة – مطرّفة – معنِّمة.. نظفت الأظفار وصبغتها بعد تقليمها.. فتحت النامصة درجا مليئا بأنواع الحلي من ذهب وماس وأحجار كريمة.. اختارت قلادة وقرطين من ماس وخواتم مرصعة بالأحجار النفيسة.. رفعتا رأس الجثة لوضع القلادة في رقبتها، والأقراط في الأذينين ثم ألبستاها الخواتم، ثلاثة في اليد اليمنى –اثنان في السبابة وواحد في الوسطى، وأربعة في اليد اليسرى، اثنان في الخنصر وواحد في البنصر ولآخر في السبابة– ثم بدأتا تلبسانها الفستان والنعل.. قالت النامصة لمَانِكي:

- الآن رافقينا سندخلها المحرقة..

تبعتهما مَانِكي وهما تدفعان النعش المتحرك.. سلكوا ممرات مظلمة، طويلة ومتعرجة، قبل أن يصلوا بابا سميكا من معدن أصفر، تحرسه آلهة مرعبة ملامحها خنزيرية.. لبثن وقتا أمام الباب الموصد، قبل أن ينفتح على مصراعيه.. استقبلتهن امرأتان ترتديان جلابيب سوداء طويلة.. أدخلتهن ثم أغلقتا الباب وتسمرت كل منهما بأحد المصراعين كالصليب.. قاعة المحرقة غرفة مربعة عالية السقف، جدرانها مغطاة رسوم تحكي أسطورة الأم الكونية، آلهة الليل والموت.. السقف العالي جدا نحتت عليه شجرة دائحة، طلعها كأنه رؤوس الشياطين.. الأرضية تحمل نفس النحت الذي ظهرت فيه الشجرة، كصورة انعكست على الماء الصافي.. في الحائط المقابل للباب يوجد مربع زجاجي يشع منه وهج وقَّاد متلألئ.

أثبتوا العجلة الأمامية للنعش على خط أسود يتجه من متوسط الغرفة ناحية المربع الزجاجي.. للنعش ثلاث عجلات، واحدة أمامية واثنتان في المؤخرة؛ العجلتان في المؤخرة يفصل بينهما نصف المتر.. الخط الأسود الذي أثبتت عليه العجلة الأمامية عرضه أقل من شبر.. بدأ النعش ينزلق مع الخط.. لاحظت مَانِكي أمرا غريبا أصابها بالذهول والفزع الأكبر: كان الخط يتسع حتى يحتوي على العجلتين الخلفيتين، عرضه يتسع من الشبر إلى نصف المتر، مع تقدم النعش! بدأت ترتجف رغم شدة الحر.. ندمت على أنها شيعت جثمان أمها.. عند انتهاء الخط لامس رأس الجثمان المربع الزجاجي.. أخذ الوجه لون الوهج فظهر مرعبا.. جثتا على ركبتيهما، ثم دعتا بصوت قانت وهما تنظران إلى الوهج من وراء الزجاج:

ـ إلهتنا، أنت الحياة والموت والنور والأبد.. ملكتنا كل شيء منك وكل شيء إليك، نعيد إليك مالك!

ـ إلهتنا، أنت الحياة والموت والنور والأبد.. ملكتنا كل شيء منك وكل شيء إليك، نعيد إليك مالك!

ثم وقفتا وفتحتا المربع الزجاجي.. بدأتا تدخلان على مهل الجثمان في النار المتقدة.. غاب الرأس، فالمنكبان، فالصدر، ثم البطن، ثم الحوض ثم الفخذان، فالساقان إلى أن غاب القدمان في ذلك الوهج.. عندها رجع المربع الزجاجي لمكانه.. غادرت مَانِكي مستشفى المقعدات المسنات وخاطرها منشغل بسؤال قد سمعت أمها تطرحه على نفسها يوما بنبرة يائسة: «لماذا نحيا، لماذا نموت؟»

13

تصنع الموت

عانى آدم الكثير والكثير تحت التعذيب.. نزعوا كل أظفاره وبعض أسنانه، لكنه لم يبح باسم زملائه، على أنهم لو تمكنوا من إرغامه على البوح لما أخبرهم إلا عن الشيخ الذي اعتقلوه بعد فك رموز صوته.. أما الشاب فلم يتعرف عليه ولا يعرف اسمه.. لقد رأوا الكتابة على الجران وعرفوا أن ثمة شخصا آخر.. لكن آدم مثلهم لا يعرفه.. كان يعلم أنه لو أقر لما زادهم شيئا.. رفض البوح مبدئيا.. لما يئسوا منه أرجعوه إلى غرفته ورموه على أرضيتها.. غادروه متوعدين.. بقي ملقى لا يستطيع حراكا.. كل جسمه آلام.. بقي هكذا يومين بين حياة وموت، كوحش جريح، منتظرا في كل لحظة رجال الأمن وكل عينات التعذيب.. أحيانا يذكر مَانِكي؛ قد تكون أخضعت لنفس التعذيب.. عندها تشتد آلامه.. في إحدى تلك اللحظات رأى خُنَاثَة بعينه التي سلمت، رآه يدخل من باب

الغرفة، وكعادته لم يبد مستغربا، لم يستغرب وجود آدم في تلك الحالة.. لكن نظراته كانت توحي بشيء من الشفقة.. قال معاتبا:

- تظن أن بوسعك إنقاذ العالم؟

نبرة صوته كانت تشي بشيء آخر: "الويل لك أنت الذي تظن أن بوسعك إنقاذ العالم!"..

- بسببك مات ذلك الشيخ المسكين تحت وطأة التعذيب!

هب آدم ناسيا آلامه، أصيب بهلع شديد، هلع لم يعرفه من قبل.. كانت المرة الأولى التي يتهم فيها بموت أحد.. تذكر ما سمعه مرارا من فم الشيخ: "حياة سجين واحد أثمن من كل قضايا البشر!" أضاف خُنَاثَة، نفخ في ضرم:

- ليس لك الحق في دفع البشر إلى التضحية من أجل قضيتك...
- ليست قضيتي وحدي، هي قضيتنا!
- إذا كانت قضية الآخرين، كما تزعم، فلماذا إذن انتظر الشيخ ولم يضح بحياته إلا بعد لقائك؟ ألا يوجد هنا منذ ستين عاما؟ هل سبق أن قام بأي محاولة؟
- لم أجبره على اتباعي، كان حرا في أن يرفض.. حتى إني كنت أشعر بأنني أنا الذي أتبعه...
- إذا كان قد قبل أن يتبعك، فذلك يرجع إلى كونك أوهمته أنه يستطيع خلاص نفسه والعالم.. أنت سفسطائي ككل المتشددين، تاجر أوهام! أنتم لا تكترثون بمصائر الآخرين، طالما أن أوهامكم تجد من يتقبلها!

- لا أريد الخنوع، لا أريد أن أخضع لبطلان العالم، لا أريد الخضوع للشر!

- لا أطالبك بالخضوع، كل ما أطلبه منك هو ألا تعرض الآخرين للخطر بإشباعهم من أوهامك!

- ليس باستطاعة أحد أن يخلص الآخرين، ما داموا هم الوسيلة لهلاك أنفسهم.

- أنت تبحث إذن عن خلاصك؟

- نعم، لا أبحث إلا عن خلاصي!

- وأين يكمن خلاصك؟

- في الحب! أن يكون بإمكاني أن أحب مَانِكي، أن تحبني، وأن نعيش حبنا!

- إذا كان هذا هو الذي تبحث عنه فلست بحاجة إلى الدعاية المغرضة؛ بإمكاني مساعدتك من أجل تحقيق هدفك!

- لماذا لم تقل لي ذلك من قبل؟

- لم أكن ملهما!

- الآن بما أنك تبدو كذلك كيف ستتصرف؟

- بادئ ذي بدء أخبرك أن مَانِكي خرجت من إعادة التأهيل...

- كيف ذلك؟ مستحيل! كيف تنازلت عن حبنا؟

- لم تتنازل، فقط توصلت إلى نتيجة مفادها أن لا جدوى من الصراحة مع المشرفات على إعادة التأهيل، طالما أنهم هم الأقوى.. فضلت اللجوء إلى الحيلة والتخفي بدلا من المواجهة.. صدقنها.. تمكنت من الخروج لتعيش في مجتمعها..

- لماذا لم تخبرني؟

- هل تظن ذلك سهلا؟ ثم إنها قد تكون أرادت أن تفي بعادة الحب القديمة التي تجعل الرجل هو الذي يبحث عن المرأة، مع احتمال عدم الوصول إليها!

- أصبح خلاصي مستحيلا، طالما أني فقدت مَانِكي!

- يمكنني أن أساعدك على لقائها، بشرط أن نتفق على معنى ومغزى الحب! لماذا، من وجهة نظرك، يحب البشر؟

- يحبون لأنهم أنصاف آلهة، لأنهم كائنات ناقصة، يحبون لأنهم يبحثون عن الكمال..

- يمكننا إذن القول إن الحب هو التوق إلى الكمال.. لكن ما هو هذا الكمال؟

- الكمال يعني انصهار العاشقين، اتحاد الاثنين في واحد!

- هذا بالضبط هو ما أريد مساعدتك على تحقيقه! يمكنني مساعدتك على اللحاق بمَانِكي وأن تتحد معها! لكن من أجل ذلك عليك أن تتنازل عن خصوصيتك، أن تضحي برجولتك، عليك أن تقبل أن تصير امرأة!

في البداية لم يفهم آدم معنى ما قاله خُنَاثَة.. تردد ذهنه طويلا حول معنى الكلمات التي سمعها.. لم يع معناها الذي لا يصدق؛ ولا معنى الحقيقة التي تعبر عنها..

- أن أكون امرأة؟ أن أصير امرأة؟ قد يكون ذلك أكبر تحد يمكن لرجل أن يقابل به المجتمع!

قالها آدم كما لو كان يحدث نفسه.. ثم سكت وقتا طويلا.. بدا وجهه منشغلا رصينا.. ثم انفجر ضحكا، ضحك جاوز الحد، ضحك جنون أفزع خُنَاثَة.. عندما توقف عن الضحك، رجع وجهه إلى ملامحه الرزينة المنشغلة، لكن نظراته احتفظت ببريق ضحكه الجنوني..

- أعرف أنني فشلت في محاولة إنقاذ الآخرين، لكنه لا يمكن العدول عن محاولة إنقاذ نفسي! لا يمكنني العدول عن الحب! بدون مَانِكي لا يمكنني أن أكون! أرحب إذن بعرضك، سأصير امرأة! أعرف أنك اقترحت هذا الحل لتنقذ التصالح الاجتماعي.. لكنه بالنسبة لي يمثل تحديا أواجه به النظام الاجتماعي، وهو أيضا بالنسبة لي منتهى حبي!

- إذن لقد اتفقنا! لكن هل تعلم أن هذا سيقودك إلى الجراحة، إلى تغيير جنسك؟

- نعم، أعرف ذلك! أرضى بأن يراني الآخرون امرأة!

- وإذا فشلت العملية؟

- إذا فشلت فسأنتحر!

- جيد، الآن بما أنك تبدو مدركا لعواقب قرارك سأشرح لك خطتي: الطريق الوحيد للخروج من هنا هو إيهامهم أنك مت.. سأعطيك حقنة تدخلك في غيبوبة مدة ساعة.. بعدها سأعمل بطاقة وفاة على اسمك، ثم أبعث بجسدك إلى قسم جراحة الدار البيضاء، العيادة التي تبعث لها الجثث من أجل إجراء التجارب المخبرية.. لكن لا تخف، سيكون بانتظارك أحد أطباء العيادة؛ إنه الجراح الذي سيجري عمليتك.. سيطلب جثتك بدعوى أنه بحاجة إليها لإجراء بعض التجارب، ويأخذك إلى مكان العملية.. إذا نجحت خطتنا فسيصبح بإمكانك الالتحاق بمَانِكي والحياة معها كامرأة بين النساء!

بينما كان خُنَاثَة يحضر الحقنة، كان آدم يفكر في العواقب الجسيمة.. خياره المفزع يعني القضاء على رجولته وتقمص جنس حبيبته، ما سيخوله العيش في مجتمع النساء.. قرر التنازل عن هويته والانصهار في هوية مَانِكي.. تساءل: «هل الحب الذي نشأ في جسم رجل يمكنه أن

يعيش في جسم امرأة؟... الحب الحقيقي لا تؤثر عليه أعراض الجسم! أنا على يقين من أنني سوف أستمر في حبي لمَانِكي وأن حبي لها سينمو مع تحولي إلى امرأة...» أمسك خُنَاثَة بذراعه اليسرى، تحسس أحد الأوردة وغرز الإبرة.. أحس ببرد سائل غريب يسري ببطء في دمه.. رجع للتفكير في خياره والنتائج المترتبة عليه ومدى تأثير ذلك على حبه.. «... أن لا أعود رجلا، أن أتقمص جسم حبيبتي، هل سأصير امرأة؟ لا يهمني... مكاني في جسد مَانِكي...» ثم اختفى كل شيء في ليل الخَدَر البهيم...

14

عيادة "الدار البيضاء"

استيقظ آدم في أحد الطوابق الأرضية من عيادة الدار البيضاء..
كان وحيدا.. وضع يده يتحسس عضوه: «ما يزال مكانه! لم يقطعه بعد
البرابرة ليجعلوه من بين مهور نسائهم...» جسده مغطى بملاءة بيضاء..
أحس بالضيق على السرير الحديدي.. رائحة ثقيلة من كحول ومواد طبية
تعم أرجاء الغرفة.. نظر من حوله.. الغرفة فسيحة.. قد تكون مستودعا
من بين مستودعات قسم الجراحة في العيادة؛ أكوام الآلات والمعدات
الجراحية متناثرة على الطاولات والرفوف.. هذا المكان أشبه بسوق منه
بغرفة عمليات، لكن ثمة شيء ينقصه، شيء أساسي في مظهر السوق:
إنه اللون! كل الأشياء في المستودع لها نصاعة الفولاذ البارد.. تخيل
خائفا اللحظة التي ستلامسه فيها تلك الآلات الفولاذية الباردة الحادة..
حاول أن يعيد تسلسل الأحداث التي جاءت به إلى قاعة عمليات الجراحة

السرية.. «يوجد قطعا منطق حتمي يربط بين كل هذه الأحداث.. هذا المنطق هو الذي جاء بي هنا ليجعل مني امرأة!» استولى عليه الرعب لما توصل إلى أن خياره قد لا يكون حرا.. «حتى الآن كنت متيقنا من أن قراري بأن أتحول امرأة يمثل أسمى تصرف حر قمت به طوال حياتي.. غير أني لما استعيد تسلسل الأحداث التي أدت بي إليه، أبدأ أشك في حريتي.. كان بإمكاني أن لا أصل إلى ما وصلت إليه؛ كان بإمكاني أن أواجه مركز إعادة التأهيل حتى الموت... منذ أن كشف لي خُنَاثَة عن حقيقة عاطفة الحب تغيرت نظرتي إلى جسمي، وصرت مقتنعا من أنه ليس إلا وسيلة لحبي: العاطفة يمكنها استخدام الجسم لتولد، ثم تفني الجسم لتعيش بعده حياة أفضل، حتى ولو كانت العاطفة تحتاج إلى جسم جديد لتعيش حيواتها المتعاقبة.. هنا يكمن ضعف ونقص العقل الذي يحتاج دائما إلى الحياة ليبرز إلى الوجود.. كل جسم يمثل مرحلة من إرادة كينونة العقل.. لذا يمثل انتحار أي جسم دائما وقتا مميزا في حياة العقل.. تحولي إلى امرأة هو نوع من الانتحار، انتحار من يوقن بالخلود بعد الموت.. ينتصر الحب دائما بموت المحب... للرجل وسيلة وحيدة ليعيش حياة ثانية قبل الموت وهي أن يتحول امرأة؛ يضجر الرجل في جسمه، يحتاج جسم المرأة ليحيا وليموت... في البداية جاءت المرأة من آدم ليعصي الرب وتجيء منه اليوم ليعصى البشر...»

كان يعي جيدا منطق خياره، يعلم أنه يجب عليه التخلي عن جسمه الرجولي والحلول في جسم امرأة من أجل الإبقاء على حبه.. ففي جسم المرأة يحيا حياته الجديدة ويصل إلى مبتغى حبه.. كان أيضا يعي أنه لن يفقد كامل جسمه بهذا الحلول، لن يفقد إلا جانبه الجنسي ولو كان ذلك الجانب هو الأهم، لأنه هو منبع الحب.. «أخشى ألا تتفهم مَانِكي

131

إقدامي، أن لا تتقبلنني في جسمي الجديد، ألم تحب الرجل في؟... لكنها قد تكون تجاوزت مرحلة حب الأجسام... ألم أكتشف أنا بنفسي روح الحب من وراء الرغبة الجسدية؟...» انتابه إحساس غريب، شعر بأنه جسم ينتظر في سوق الدار البيضاء غير الملون؛ لم يكن انطباعا، إنما كان حلما يقظا، كالحياة، كالموت.. فتح الباب رجل ربع القامة، يلبس بلوزة بيضاء، نظرته ذكاء حاد.. بدا منشغل البال.. تبسم لآدم كما لو كان يريد طمأنته..

- أهلا بالعاشق في عيادة الدار البيضاء! لقد استيقظت في الوقت المحدد، ذلك مؤشر جيد!
- متى تجرى العملية؟ قالها آدم بصوت خائف توجس شرا..
- الليلة! لم يبق أمامك إلا أقل من أسبوعين قبل موعد التحاقك بمجتمع النساء.. المرأة التي ستحل مكانها كان من المنتظر أن تنهي خدمتها وترجع في هذا الأجل.. تحتاج هذا الوقت للتماثل للشفاء بعد العملية واستكمال العلاجات المرافقة والتعود على جسمك الجديد...
- وكيف ستكون العملية؟
- ستتم عن طريق استئصال الذكر والخصيتين وزرع فرج ومهبل..

ارتجف آدم رعبا من جواب الجراح، الذي جاء واضحا، حياديا، كارثيا؛ حكم نهائي بالإعدام.. أرجع ذلك إلى غريزة الحياة في جسمه.. لكن الخطر المحدق بجسمه أعطاه إحساسا غامضا باللذة، تلذذ عقله بالتحكم في جسمه.. لم يسبق له أن أحس بمثل هذه السيطرة الكاملة لعقله على جسمه.. سأل الجراح:

- من تكون تلك المرأة؟

- لا أعرفها! أنا لا أجري العمليات للنساء.. لكن خُنَاثَة سيخبرك عنها بعد إجراء العملية..

- أنتم إذن مجموعة جراحين؟

- نعم! نحن شبكة من الجراحين من أتباع خُنَاثَة نكوّن منظمة خيرية.. مهمتنا هي إسعاف المحبين.. نحاول تحقيق هذا الهدف دون أن نخل بالنظام الاجتماعي.. خُنَاثَة يفضل الحلول التي تقوم على إعادة الانتماء الجنسي.. عمليات إبدال الجنس التي نقوم بها تكون دائما منسقة.. فعمليتك مثلا ما كانت لتتم لولا أننا وجدنا امرأة على غرار وضعيتك، أعني أنها تريد أن تصير رجلا لتلتحق بعشيقها في مجتمع الرجال، على أن تأخذ أنت مكانها بين النساء...

قال له الجراح متوجها صوب الباب:

- أغادر الآن! سأعود عند منتصف اليل من أجل التخدير.. إذا جرت الأمور على عادتها فستنتهي العملية قبل الفجر..

بقي آدم وحده، مرميا بين مهملات قسم الجراحة، معدات الجراحة الفولاذية الباردة الحادة عن يمينه وشماله، مطمورا في روائح المطهرات والأدوية.. ندم على وجوده هنا.. أحس رغبة جامحة في العودة إلى نقطة التلاقي وأن يستنشق هواءها المثقل بالكحول والتبغ، أن يزاحم الرجال ويحس بأجسامهم الدافئة.. لكن نقطة التلاقي أصبحت في تعداد الماضي.. المسافة التي تفصل بين مركز إعادة التأهيل وعيادة الدار البيضاء هي المسافة بين الحياة والموت.. أيقن أنه لا عودة إلى مركز إعادة التأهيل وأنه لا محيد من العملية، و أن لا سبيل للهروب من مصيره المحتوم، كما يستحيل الهروب عن الأرض تحت قدميه والسماء فوق رأسه.. لو

133

تيقن أنه حر في الاختيار لنقص ذلك من ندمه.. «قد أكون مجبرا...» بحث طويلا، غارقا في بحر تأملاته، يطلب خشبة خلاص.. لكنه لم يصادف إلا هوة الشك.. لم يكن يتيقن إلا من شيء واحدا: حبه.. كان متأكدا من حبه لمَانِكي وأن كل ما يحدث له هو نتيجة لذلك الحب.. قد يكون هذا هو قدره... أحس بحضور من خلفه، التفت في السرير ليرى الجراح واقفا بإزائه، وبيده محقنة..

- سأحقنك بالمخدر.. إنه منتصف الليل..

أسلم ذراعه الموالي للمخدر، جس الجراح بإبهام يده اليسرى بحثا عن أحد الأوردة.. لما عزله مسح الجلد من فوقه بقطن مبلل كان بين أصابعه ثم غرز الإبرة تحت الجلد؛ أفرغ المحقنة، سحب الإبرة ومسح الجرح بنفس القطنة.. بدأ وعي آدم يتلاشى.. ثقل جسمه وغاب حسه.. كيف يمكن لهذه الروح المزهوة المتكبرة أن تنعدم بهذه السرعة تحت مفعول قطيرات داخلت الدم، بينما كانت، حتى اللحظة، تسبح في مهاوي وعيها، متوهمة أنها السيدة الوحيدة للكائن الذي تسكن؟! الآن لم يبق أثر لهذا الوعي المتكبر الخرافي.. لم يبق إلا صدى بعيدا لصوت غير مميز؛ بذل قصارى جهده ليفك رموز ذلك الصوت، دون جدوى.. حاول تحريك رأسه، ظل ساكنا، كما لو أنه أنقلب رصاصا؛ فرج قليلا بين جفنيه الذين صارا ثقيلين ثقل رأسه، لكنه لم ير إلا مادة مائعة بدون ملامح، ليس لها لون ولا شكل، تمتزج بمادة جسمه.. انسدل الجفنان تحت ثقلهما، كستار حديدي.. أخلى الجراح إحدى طاولات المستودع، وبدأ ينتقي الآلات التي سيستخدمها في العملية.. كلما انتقى آلة جعلها على الطاولة.. لما أكمل انتقاء أدواته دحرج الطاولة ليجعلها قرب السرير.. سحب الملاءة كاشفا جسم آدم العاري، جسم رجل بارع الجمال.. تأمله طويلا كما لو كان أمام تمثال آلهة يقدم على انتهاكها.. الآن، أمام كمال جسم آدم العاري، راودته الشكوك.. ندم

على تعهده لخُنَاثَة بتنفيذ العملية.. «لماذا نشوه جسما بهذا الجمال؟ لماذا نغير خلق الله؟ العلم أصاب البشر بالجنون! لم يعودوا يترددون في تشويه المخلوقات لإرضاء نزواتهم.. عندما انتسبت إلى اتباع خُنَاثَة لم أكن أقدر العواقب.. عندما اتصل بي أغواني، لم يشرح لي جميع جوانب القضية.. قال لي إنه يريد "إنقاذ الحب دون الإخلال بقواعد السلم الاجتماعي"، وأنه يريد مساعدة المحب على "الفناء في محبوبه". تكلم عن تحويل رجالا نساء، ونساء رجالا، لكنه زعم أن الذين ستجرى لهم عمليات تغيير الجنس سيكونون "أناسا غير مرتاحين لأجسامهم، ناظرين إلى حلولهم فيها كظلم ارتكبته الطبيعة في حقهم وسيسعدون بتحويل جنسهم".. اليوم ظهرت الحقيقة مغايرة، كما هو الحال دائما عندما ننتقل من الأهداف المعلنة إلى تطبيقاتها.. لو علمت هذا من قبل لما كنت انتسبت إلى أتباع خُنَاثَة، أما الآن فقد فات الأوان! أتباع خُنَاثَة منتسبون مدى الحياة.. لا يقبل منهم أي تراجع!» كلما راودته الشكوك قبل إحدى العمليات – كما يحدث له الآن – يتذكر تحذير خُنَاثَة وصوته الهادئ المخيف: "من يخن قضيتنا يضمن هلاكه!" عندما تذكر ذلك الوعيد، أخذ لِفافة لصوق وأوثق الرجلين ثم بدأ العملية..

طوال مدة العلمية اكتسب آدم حسا ما ورائيا انتقل إلى لا شعوره في شكل حلم: كان الإنسان الوحيد في الكون.. كان يعيش في الجنة قرب ربه.. كان سعيدا.. إلا أنه كان يضجر من الأبدية.. ولما أراد الله أن يبلو مخلوقاته وعرض أمانة العلم على السماوات والأرض والجبال، فأبين أن يحملنها وأشفقن منها حملها هو.. كان يظن أنه بتحمله الأمانة سيكون أقوى من الكائنات الأخرى، حتى إنه ظن أنه يمكنه أن يشارك الخالق في خلقه.. قبل أمانة العلم ليكون باستطاعته خلق كائن يشبهه ويكمله، شريكا

135

يساعده في التغلب على ضجره في الجنة.. لم يعد يتحمل العيش وحيدا.. هكذا جاءت منه حواء، كان هو مادتها ومبدأها...

أخيرا استفاق من خدره.. لم تعد هناك جنة ولا حواء ولا قرب من الرب ولا آدم.. لا يوجد إلا السوق غير الملون، في عيادة الدار البيضاء، ورجل كان رجلا وتحول امرأة.. ثم بدأ الحلم الخرافي يغيب شيئا فشيئا، وبدأ آدم يستعيد أحاسيس جسمه، جسم غريب يختلف عن الجسم الذي تعوده.. إحساسه الآن بجسمه هو إحساس بغائب، حاضر يتذكر غائبا، يحس مكانه خواء.. كان يحس بألم منتشر بين فخذيه ولا يقدر على فتح عينيه.. حاول التحرك، ليغير من وضعيته؛ لم يستطع، جسده ثقيل، مؤلم.. أحس يدا تلامس يده.. بذل جهدا كبيرا من أجل أن يفتح عينيه، نفذ بصره قليلا من فرجة ضيقة بين جفني عينه اليسرى، لمح من خلالها شخصا واقفا بجانبه..

ـ كنت قلقا! لقد أخذت وقتا طويلا قبل أن تستيقظ!

لم يجد آدم قوة ولا إرادة لرد الجواب.. سدت الفرجة في عينه اليسرى.. أحس بيد الجراح تغادر يده، وسمع صوت خطواته متجهة نحو الباب...

15

حانة "الأم الهنيئة"

ظنت مَانِكي أنها لن تعيش بعد موت أمها.. لكن ذلك كان ظن من لم يحسب حسابا لسنن الحياة.. لم تكن تعرف شيئا عن الموت، رغم أنها كانت تعرف أن أمها ستموت، وهي نفسها.. لكنها كانت تنظر إلى الموت كاحتمال بعيد لا يمكن تصوره.. مع وفاة أمها شعرت بأنها اقتربت هي نفسها من الموت.. تألمت كثيرا لما رأت أمها تموت وحيدة.. لم تتصور أنها ستراها تموت هكذا.. عند عودتها بعد مراسيم الحرق ظنت أنها ستموت غما.. غلّقت النوافذ وأسدلت الستائر، جاعلة من شقتها قبرا.. بكت طوال ليلتها، لم يخطر ببالها أكل ولا شراب.. عند الفجر ساعد التعب النعاس في الاحتواء عليها.. استيقظت آخر النهار أشد حزنا ووحشة من أمسها، تحس داخلها خواء عميقا، كقبر تولول فيه الرياح.. بدأت تبكي من جديد...

137

بقيت هكذا أياما وليالي، ثم عاودت الأكل والشرب بعدما عانت من السآمة، ولأنها لم يكن لديها شيء آخر تصنعه.. لم يكن في الثلاجة إلا بيضات قليلة، وعلبة عصير ليمون مركز.. قلت بيضات وسكبت كأسا من عصير الليمون؛ طعم الليمون ذكرها بلقائها الأول بآدم، وبالفطور الذي تناولاه معا.. لم يبق لها في العالم أي كائن سوى آدم، لكنها لن تراه أبدا.. أيقنت أنها لا يمكنها أن تعيش بدونه؛ وبما أنها فقدته، كانت متأكدة أنها ستموت قريبا.. خفف من حزنها هذا اليقين والإحساس بالنهاية القريبة للحياة التي ستنتهي معها آلامها..

الآن تعيش، تود لو نسيت قليلا حزنها، دخلت الصالون تمددت على الكنبة، فتحت الهولوفاز غير مكترثة بالقناة، جاء الصوت مسرعا، لم تتأخر عنه الصورة إلا قليلا "... هذا الصيف، قضوا عطلتكم في منتجعنا على القمر..." ظهر على الشاشة مشهد مثير من كوكب الأرض يغرب في أفق القمر.. بدلت القناة: ظهرت فتاة لطيفة تداعب رضيعتها... أوقفت الجهاز متسائلة: «ماذا يمكنني فعله كي أنسى سآمة الحياة؟ لو كان لدي روبوتا أليفا...» قررت أن تخرج لتستنشق جو المدينة.. أكرهت نفسها على الاستحمام وتغيير ملابسها.. سوت هندامها على عجل قبل أن تخرج.. لما خرجت فوجئت بأن الليل قد استولى على المدينة منذ بعض الوقت.. فرحت بذلك لأنها تكره المدينة في النهار.. في الليل، تبدو المدينة منفتحة على الكون، أضواؤها تجعل منها نجما نجما يرقص مع نجوم السماء؛ أما في النهار فهي تداس تحت سلطان الشمس.. في ذلك المساء بدت المدينة مزهوة بحلمها النجمي.. الجو اللطيف في تلك الليلة الصائفة جعل الأصوات مشعة، ترن على زجاج ناطحات السحاب كجوق من آلات بلورية، تتصعد أنغامه مع ضوضاء المدينة..

مرت مجتازة حديقة البنات التي بدت مهجورة في هذا الوقت من الليل.. انطفأت جل أنوارها.. الألعاب، التي فقدت ألوانها بدت كالأخيلة الظِّلاليّة.. أخذت الشارع 320 لتصل النهج 1006.. تذكرت أمها وأحست بحزن ووحشة شديدة.. تنهدت حسرة، لكن الحزن الذي خيم على صدرها لم تدمع به العيون.. استقبلها النهج بحشوده الليلية المتموجة، وجو مساءاته المذهلة.. وجوه كثيرة بدت سعيدة أو غير مكترثة بالشقاء؛ تمر بسرعة متوهمة أن لها هدفا.. ترى ماذا قد يحدث لو أن كل هؤلاء النساء اللواتي يظهرن على عجلة من أمرهن، توقفن لحظة ليتساءلن: «إلى أين؟ ما الفائدة؟» لن تتوقف الأرض عن دورانها... حاولت لفت انتباه أحد الوجوه في الموج الذي يحملها.. لكن أحدا لم يلاحظها.. لا أحد يظهر الاهتمام بها؛ عندها فهمت لماذا واست الفتاة الغريقة في ذلك المساء.. زاحمت الحشود على الرصيف لتجد منفذا إلى أحد المقاهي.. تريد أن تجلس، أن تسلم أمرها لحزنها..

عند باب المقهى أخضعت للتفتيش، تحملته دون اعتراض ولا تعجل.. القاعة تغص بنفس الزحمة الموجودة على النهج.. توصلت إلى البار بصعوبة.. الساقيات على حافة الانهيار العصبي.. الموسيقى الصاخبة، الغليظة الجالدة، تتدفق من جميع الأرجاء، تطمر الأحاديث.. اللاتي يتحدثن يلاصقن وجوههن كالديكة المتصارعة.. شقت طريقها بين ديكي هراش، محاولة الاقتراب من إحدى الساقيات.. انفسح لها المجال، لكن ما إن مرت حتى تلاصقن من جديد.. تمرفقت على الخوان، بقيت تنتظر عودة الساقية.. عادت إحداهن، طلبت منها ديابولو، لكن الساقية

كانت تمر بسرعة، ولا يظهر أنها سمعت.. بدل أن تصرخ من جديد بطلبها قررت أن تنتظر فرصة أخرى.. الديكتان عند ظهرها ما زالتا تتناهشان بالكلام.. التحقت بهن ثالثة، كان منقارها مطبقا.. بدت جادة، جاهدة في متابعة الحديث.. المرأة السمراء إلى اليمين التي تولي ظهرها للديكة بدت في الأربعين من عمرها، تقويرة بستانها سخية، تتصفح مجلة أزياء.. بدت كما لو أنها إحدى الصور قفزت من المجلة وأخذت تتصفحها.. دون صورة مجلة الأزياء، كانت فتاة جالسة، تولي ظهرها لمَانِكي.. شعرها الأشقر قصير جدا.. تزحزحت مَانِكي قليلا حتى تمكنت من النظر إلى صفحة وجهها.. بدت غارقة في تأملاتها.. كانت تطأطئ رأسها.. عيناها غائصتان في قعر كأسها.. جيدها الطويل الناعم أغرى مَانِكي.. كانت ترتدي قميصا أسود بلا كم وجينز أزرق واصفا، زيها يبرز تموجات جسمها الجميل...

- هل يمكنني مساعدتك؟ قالتها إحدى الساقيات التي بدت على عجلة من أمرها..
- ديابولو، من فضلك!
- أبيض أو وردي؟
- وردي من فضلك!
- في خدمتك!

ألقت نظرة على المرايا أمامها عند منتهي الخوان، رأت الشقراء التي توليها ظهرها.. مازالت تحدق داخل كأسها.. بعد تردد، لمست مَانِكي جيدها الطويل، التفتت إليها.. عيناها الواسعتان يبدو عليهما الحزن ؛ تبسمت مَانِكي في وجهها، ردت عليها بنصف ابتسامة.. قالت لها مَانِكي:

- سامحيني، أنا وحيدة!

قالت لها الشقراء ملصقة وجهها بوجهها:

- ارفعي من صوتك، لم أسمع ما تقولين!
- أنا وحيدة! قالتها مَانِكي صارخة بملء حنجرتها، كما لو أنها أرادت أن تسمع ظلامتها كل المخلوقات..

نظرت إليها الشقراء نظرة عتاب كما لو أنها أرادت أن تقول : "هلا كنت أكثر ابتكارا؟" ردت عليها قائلة:

- هل تظنين أنك وحدك التي تتعذب من ألم الوحدة؟
- لا، بالعكس! أتظلم لأنني أعرف أن الوحدة مرض البشر!
- هل تضجرين من طول الزمن؟
- أضجر من اللحظة القذرة التي يكررها الأبد!
- هل سبق لك أن أردت أن يتوقف الزمن!
- نعم، في الماضي القريب، لحظة قصيرة.. لكن أمنيتي لم تتحقق.. الزمن لا يتوقف إلا إذا كان يثقل كاهلنا..
- أعرف وسيلة تساعدنا في اغتيال الزمن..
- أي وسيلة؟
- أدعوك إلى مرافقتي إلى مكان مريح تشرف عليه صديقة.. يمكننا أن نقضي أمسية لذيذة ننسى فيها همومنا وآلامنا...
- بم يتميز ذلك المكان؟ كيف يمكنه إحداث معجزة كهذه؟
- هو متخصص في مشروب فريد، طعمه طعم البق المداس، لكنه يحلو بعد الكأس الثالثة.. فضله هو أنه يصالحك مع الحياة...
- لنذهب إلى صديقتك!

سددتا وخرجتا..

141

- هل مكان صديقتك بعيد؟

- لا، تفصلنا عنه شوارع قليلة، يوجد على الشارع 310 سنصعد مع النهج، ذلك هو أقصر طريق..

لما وصلتا إلى مستوى الشارع 310، قطعتا النهج باتجاه الأعداد الوترية ودخلتا شارعا مبلطا بالحجارة، تنيره أعمدة على الطراز القديم.. توقفت الشقراء عند الرقم 5.. اللافتة على الباب تضيئ وتنطفئ، كتب عليها بأحرف ضوئية حمراء: "الأم الهنيئة".. قالت الشقراء دافعة الباب:

- ها قد وصلنا! خذي لنا مكانا مريحا في القاعة، في انتظار أن أسلم على صاحبة المحل..

القاعة مضاءة بمصابيح قليلة خافتة.. الزبونات قليلات، عشر من النساء لا تزيد، أكثرهن منفردات كل على طاولة.. بدين كئيبات، محبطات وحزينات.. إحدى الزوايا مضاءة أكثر، نصب فيها بيانو تعزف عليه امرأة تقدم بها العمر ألحانا حزينة.. أخذت مَانِكي مكانا قرب البيانو.. التحقت بها الشقراء وهي تسحب وراءها امرأة قيعلة وطباء، ترتدي وزرة من قماش مربع، تحمل على ذراعها منشفة بيضاء مكوية.. قالت الشقراء من فوق جيدها الزرافي:

- أقدم لك صاحبة المحل! ثم أضافت مومئة إلى مَانِكي: هذه صديقتي الجديدة!

قالت الوطباء في انحناء متوجه إلى مَانِكي:

- أهلا بك عند "الأم الهنيئة!" هنا ستنسين همومك وأحزانك! قالت الشقراء مداعبة:

- لتتذكرها في الغد، بعد انتهاء النشوة!

رددت عليها الوطباء:

- غد بعيد! لنعش الليلة قبله! ثم أضافت بحلاوة: ماذا أحضر لكما؟

أجابتها الشقراء، ملقية ابتسامة إلى مَانِكي:

- اثنان مركزان! مع كثير من الثلج!

لم تمض لحظات حتى رجعت تحمل صينية عليها كأسان من زجاج بلوري سميك، نصف ممتلئين بسائل وردي صاف تعوم فيه مكعبات ثلج.. ثم سحبت الصينية قائلة:

- بوسعكما ندائي عند أي حاجة!
- أظن أننا بحاجة إلى القنينة كلها!
- أمرك! أجلبها حالا!

عادت تحمل القنينة مع سطل من زجاج شفاف مليء بمكعبات الثلج.. رفعت الشقراء كأسها قائلة:

- لنشرب من أجل سعادتك!

ثم جرعت كأسها دفعة واحدة، ومكعبات الثلج ترن على أسنانها.. وضعت كأسها وهي تبرطم شفتيها في تقزز.. قالت مستغربة لمَانِكي التي لم تتشرب كأسها:

- ماذا تنتظرين؟

بعد تردد، تناولت مانكي كأسها وعبتها دفعة.. انتابتها نوبة سعال حادة، كما لو كانت تجرعت سما.. قالت لها الشقراء محاولة طمأنتها:

143

- بسيطة! بسيطة! يحدث هذا دائما مع الكأس الأولى! تداوي بالداء!

قالتها وهي تسكب كأسا ثانية لمَانِكي.. ثم ملأت كأسها وجرعتها مرة واحدة! عبت مَانِكي الكأس تلو الكأس، على الرغم من نوبات السعال المتتالية، ورغم طعم البق في فمها.. قالت في نوبة سعال:

- هذا المشروب بشع!
- أنا أيضا أكره الويسكي!
- لماذا إذن تشربينه؟
- لكي أحس بنشوة الكأس الثالثة، وبنعيم الكأس السابعة! سترين كم أكون رائعة بعد الكأس السابعة! اسألي الوطباء إذا كنت لا تصدقينني!

كانت تتكلم وهي تناول مَانِكي كأسا جديدة.. أحست مَانِكي بدم جديد يسري في عروقها.. أحست بها تغادر جسمها والأشياء والحيز.. طار عقلها.. تذكرت صورة آدم ليغيب كل ما حولها.. شغلت هذه الذكرى كل ما تبقى من وعيها.. لم يعد شيء يهمها سوى تلك الصورة.. فقدت الأشياء تماسكها، حتى إن المرأة الجالسة أمامها فقدت قوامها.. صارت شكلا سرابيا بعيدا، قطعة من الديكور الخيالي في القاعة... طفت ذكرى آدم بعدما ظلت مختبئة طويلا.. الآن احتلت ذهنها، غمرته.. كان هنا، حاضرا في جميع كيانها وفي تنفسها. لم يعد شيء يفصل بين وعيها بذاتها وذكرى آدم.. أيقنت أنها هي آدم..

- أحب رجلا!

سمعت مَانِكي نفسها وهي تصرخ بها، مثيرة انتباه القاعة.. وصلها صوت بعيد يكاد لا يميز كصدي صرختها:

144

- المسكينة! إنها غابت تماما...

16

آدم الذي صار حواء

بدأ آدم يستعيد قواه بعد العملية.. منذ أسبوع بدأ يتدرب على المشي، في الممر أمام مستودع الجراحة.. بدأ يتناول علاج ما بعد العملية.. كان الجراح يحقنه بالهرمونات الأنثوية، "لينهد الثديان" كما قال.. كان مستعجلا على مغادرة السوق غير الملون في عيادة الدار البيضاء ليلتحق بمَانِكي.. لكنه ما زال يسكنه نفس التوجس: ﴿هل ستتفهم؟ هل ستقبلني على هيئتي الجديدة؟﴾ هذا التوجس زاد من عذاب طول الانتظار.. بينما كان يزاول بعض تدريباته على المشي، رأى الجراح قادما.. قال له:

- أنا مسرور! لقد أصبحت تمشي بصورة عادية!
- متى يمكنني الذهاب؟

- ستغادر اليوم آخر النهار، سيكون خُنَاثَة في انتظارك خلف العيادة..

146

خفق قلب آدم سرورا، لكنه ما لبث أن كبحه خوف غامض.. الخوف من المجهول..

- سأجلب لك ملابسك الجديدة لتتدرب على ارتدائها قبل خروجك.. لكن عليك أن تنهي رياضتك..

لما أنتهي من رياضته، عاد إلى السوق غير الملون. جلس على السرير الحديدي ينتظر ملابسه.. كان فرحا لفكرة بدء حياته الجديدة... عاد الجراح يحمل الملابس ومعدات التجميل.. وضع الحاجات على طرف السرير قائلا:

- هذا كل ما تحتاجه لتقمص صورتك الجديدة! أتركك لتجهز نفسك.. سأعود عند الرابعة لنذهب معا إلى خُنَاثَة..

بدأ يقلب مكونات صورته الجديدة: سترة وتنورة من نفس قماش الصوف المربع، ملمسه ناعم لطيف، قميص أصفر من حرير، جوربان لاصقان شفافان بلون البشرة، ربطة عنق زرقاء سماوية، حزام جلدي عريض أسود، حذاء جلد كعبه طويل؛ تشكيلة كاملة من مواد التجميل: كريم مرطّب للوجه، كريم الأساس، خافي العيوب، لبن، دهان، قطن، غسول، عطور، بودرة المضغوطة، ماسكارا، أحمر الشفاه، أظفار اصطناعية، أمشاط، فرشاة، مرهم مثبت للشعر وصندوق صغير يحتوي على معدات ومواد مكياج العيون: قلم تحديد الحواجب، ألوان، قلم تحديد العيون، ظلال العيون، ، هداب اصطناعي... «علي أن أبدأ فورا إذا أردت أن أكون جاهزا قبل الرابعة.. الأصعب هو السير على هاذين الطُّوّالين!» لبس الحذاءين ووقف متوكئا على السرير.. حاول أن يخطو نصف

خطوة، فالتوت قدماه وسقط متألما.. «كيف تستطيع النساء أن يحفظن توازنهن فوق هذه الطُّوّال!؟» حاول الوقوف لكنه سقط من جديد.. قرر أن يتدرب على المشي متوكئا على السرير. بعد عدة محاولات متعثرة لم يعد يسقط، لكن قدميه كانتا تعوجان حتى تنقلبا إلى إنسيهما، وأحيانا على ظهرهما، محدثتين آلاما مبرحة..

عند الساعة الثالثة بدأ يخطو دون توكؤ.. «الآن علي أن أتمكيج!» أخذ قارورة اللبن المنظف، سكب منه قليلا في كفه، جعله على وجهه بأصابعه، أخذ قطنة نظف بها الوجه ثم أخذ الغسول.. بلل قطنة ليزيل ما تبقى.. نعُم وجهه وانتعش.. طلى وجهه بالدهان.. مكيج عينيه بلون أزرق سماوي وثبت الرموش الطويلة الكثيفة على الشفرين. لما جاء الجراح، وجد أن مستودع قسم الجراحة قد تحول إلى مقصورة مكياج..

-كيف؟ ما زلت تتمكيج؟ لم ترتد ثيابك بعد؟ لقد تأخرنا! خُنَاثَة في انتظارنا، أسرع!

- لم يبق لي الكثير.. تعال ساعدني في تنميص حاجبي!

تناول الجراح مبضعا من فوق طاولة العمليات، ووضع كفه على جبهة آدم، كما لو كان حلاقا ماهرا.. حلق الحاجبين، لم يترك إلا خطين دقيقين مقوسين..

- أسرع! أكمل المكيجة والبس ملابسك!

أخذ آدم قلم تحديد الحواجب ليمرره على قوسي الحاجبين؛ مسح قليلا باللون الأحمر على وجنتيه، تدللا لحياته الجديدة.. ثم وضع أحمر

الشفاه.. خلع نعليه ولبس الجوارب والقميص ثم ارتدى التنورة والسترة.. سوى ربطة العنق وتمنطق.. ثم قال للجراح وهو يلبس النعل:

- أنا جاهزة!

لمح آدم من بعيد شخص خُنَاثَة.. كان يحمل بين يديه شيئا يتحرك، حيوان صغير، كلب صغير طويل الشعر.. لما اقترب آدم بدأ اللولو ينبح بشراسة.. قال خُنَاثَة:

- آدم!؟ رائع! أنت رائعة الجمال! وأكثر أنوثة من كل النساء! ثم ناوله اللولو الذي كان يحمله على ذراعه..
- خذه! هذا البيكيني الصغير الجميل كانت تملكه حواء..
- حواء؟ من تكون؟
- حواء هي المرأة التي ستحل مكانها في مجتمع النساء... لا! أنت تخنقه، يا للحيوان المسكين! ما هكذا يحمل اللولو!

أخذ خُنَاثَة الكلب الصغير ثم بدأ يعلم آدم كيف يُحمل بيكينيا صغيرا على الساعد..

- الآن خذه، داعبه قليلا ليطمئن إليك!

أخرج بطاقة ممغنطة مدها لآدم:

- هاك مفتاح شقة حواء... يمكنك تصفح خارطة المدينة على شاشة البطاقة وتحديد وجهتك بواسطة بوصلتك الداخلية.. العنوان مدون على البطاقة...
- ماذا سيقول جيرانها إذا رأوني أدخل شقتها؟
- لا يهم! حواء لم تكن تعرف أحدا؛ ولم تكن لها علاقة إلا بأمها التي توفيت منذ فترة... ثم إنك كثير الشبه بها...

149

- ومَانِكي؟ متى ألتقي بها؟

- يبدو أنها في الفترة الأخيرة تجرجر مساءات حياتها البائسة بين بارات النهج 1006. الآن لنذهب!

هكذا ذهب آدم، بعدما تحول امرأة، ممكيجا، يحمل على ساعده بيكينيا صغيرا، باحثا عن المرأة التي يعشقها.. عند مركز امتحان الكفاءة قدمه خُنَاثَة باسم حواء.. عملوا له بطاقة نهاية الخدمة، ثم خرج إلى عالم النساء..

شقة حواء فسيحة، مفروشة بذوق رفيع.. جابها البيكيني الصغير جيئة وذهابا، ينبح مسرورا بالعودة إلى بيئته.. لم يمكث آدم طويلا في الشقة؛ خرج على عجل ليبدأ البحث عن مَانِكي.. كان الليل قد أقبل.. بدت الشوارع عجيبة في ذلك المساء الصافي، بدا العالم غريبا بلا رجال.. لما وصل النهج 1006 جرفته الحشود.. لم ير في حياته هذا العدد من النساء في مكان واحد.. زاغت عيناه بحثا عن مَانِكي.. بدا له أن كل امرأة تحوي شيئا منها، يسارع نحوها ليكتشف أنها أخرى.. حتى أنهك.. تلاحقت أنفاسه وتعبت عيناه من الزيغ.. زاد من عنائه الطُّوّالان اللذان يمشي عليهما واللذان بدءا يقرحان قدميه.. أحس أنه قطرة ماء في بحر طام.. كيف يمكن اكتشاف مَانِكي بين هذا العدد المذهل من النساء؟ من وقت لآخر يكلمه وجه بلغة مذهلة، قد تكون هي لغة النساء.. لما أصبح عاجزا عن المشي توجه صوب أحد المقاهي.. استقبلته امرأتان عريضتان قويتا البنية، فتشتاه، مررتا أيديهما على كل نواحي جسمه.. ذعر: «هل تشكان في أنوثتي؟» عندما ابتسمتا ودعتاه للدخول أحس بأنه اجتاز اختبار أنوثته الأول.. لما دخل خشي أن تلتفت كل الوجوه صوبه في استغراب؛ لكنه

وصل إلى البار دون أن يعيره أحد أي اهتمام.. زاحم لتراه إحدى الساقيات.. أحس بأجسام النساء تضغط عليه من جميع النواحي.. ثار دمه.. مرت أمامه إحدى الساقيات، طلب منها كوكتيل بصوت مختنق.. اقتربت منه محاولة سماع ما يقول.. سألته:

- استسمحكِ؟
- أريد كوكتيل من فضلك؟
- سامحيني، لم أفهم ما تريدين!
- ناولني اللائحة إذن..
- حالا، سيدتي!

ذهبت إلى الناحية الأخرى من البار ورجعت تحمل اللائحة، لكنها لم تنتظر طلبه.. مر باللائحة، لم يتعرف على مادة واحدة من موادها.. عندما رجعت الساقية تستفسره عن طلبه قال لها:

- ناوليني هذا! ثم وضع إصبعه عشوائيا على سطر من بين سطور اللائحة..

أومأت الساقية إلى المكان الذي وضع إصبعه فيه ثم غابت.. رجعت تحمل كأس زجاج سميكة ملأى بسائل لزج شفاف.. احتسى جرعة منه أثارت غثيانه: «ما أكثر ما أقاسي لكي أكون امرأة!». نظر من حوله متفحصا الوجوه.. لم ير مَانِكي.. أخذ مقعدا في القاعة، ثم انتظر مراقبا المدخل.. النساء يدخلن ويخرجن، كل تحمل على وجهها أمارات قدرها.. من وقت لآخر يمر وجه أو شخص يعطي ملامح مَانِكي، عندها يفور دم آدم...

- مساء الخير! قالها صوت أنثوي شديد الإثارة، قريبا منه..

151

منذ عمليته ازداد تأثره بالصوت النسائي.. رفع بصره ليرى وجه المرأة التي تكلمه.. انقطع نفَسه من شدة الانبهار.. بقي مشدوها.. كانت سُوهُو واقفة حذاءه! كاد أن يصرخ قائلا «سُوهُو!» أعادت تحيتها:

- مساء الخير!

حاول تهدئة نفسه: «هدئ أعصابك! قد لا تكون هي...»

- هل تسمحين لي بالجلوس معك؟
- نعم، نعم...بالتأكيد؟ تفضلي!...

جلست قائلة:

- سامحيني! ما إن رأيتك تدخلين حتى أحسست بانجذاب جامح نحوك! لم يحدث لي مثل هذا مع أي امرأة أخرى!
- حقا؟ ولماذا أنا خصيصا؟
- ذلك ماكنت أود اكتشافه... لكن من أنتِ؟ هذه هي المرة الأولى التي أراكِ هنا..
- أنت على حق، إنها المرة الأولى التي أجيء هنا.. وأنت؟ قالها آدم مصوبا نحوها نظرة تساؤل..

أجابته سُوهُو رافعة بصرها في نظرة عكست نبرة صوتها:

- آه! أنا، إني من اللواتي اعتدن هذا المكان، أو بالأصح قد اعتدته فيما مضى...
- قال لها آدم الذي لم يستطع إخفاء اضطرابه..
- سامحيني، لم أسألك عن اسمك...
- اسمي سُوهُو وأنتِ؟
- اسمي حواء! قالها آدم بصوت كائن بعث بعد موته..

152

- حواء! عجيب! أنت تعطيني انطباعا غريبا، كما لو أنى ألتقي بمخلوق عاش منذ ملايين السنين...

- لم يعد يستمع إليها، كان يحس بكيانه يتفكك، لقد رأى مَانِكي تدخل وتتوجه صوب البار!

قالت سُوهُو وهي قلقة:

- ما بك؟ هل أنت بخير؟

- سامحني... لا شيء... أجابها آدم ثم أجهش بالبكاء!

لقد أخبره الجراح بأنه سيكون عرضة لهذا النوع من الانفعالات. لقد أدخل سهولة البكاء في لائحة التأثيرات الجانبية للعملية. وقال أن من بين التأثيرات المباشرة الأخرى "كثرة التعرق ورائحة خاصة وتمرط الشعر ونضارة اللون والشهية المفرطة والحس المرهف بالأصوات الأنثوية وعدم التوازن وسرعة التأثر والتحمل والخضوع".. لم تر سوهو سببا لهذا الانهيار المفاجئ.. خشيت أن تكون فد جرحت شعور حواء عن غير قصد منها.. أخذت يد حواء:

- سامحيني... لم أقصد...

- لا، لم يكن بسببك! لكنني أحتاج البقاء وحدي.. قالها آدم ساحبا يده..

وقفت سُوهُو لما رأت أنها غير مرغوب فيها.. قالت قبل أن تغادر:

- سأعود غدا لأراكِ على مهل..

ارتاح آدم لمغادرتها.. عزاؤه الوحيد في نوبة البكاء أنها خلصته منها.. كانت مانكي واقفة إزاء الخوان، تحمل كأسها، ناظرة صوب القاعة.. بدت حزينة، غائبة في صحوة السكارى.. تساءل آدم: «ماذا قد يكون

أصابها؟».. حاول أن يقف ليذهب نحوها، لكنه لم يستطع النهوض: قوائمه المرتجفتان من شدة الانفعال، لم تعودا قادرتين على حمل جسمه.. لما لم يستطع الوقوف، أشار بيده.. عندما لحظته دعاها للمجيء إليه.. اتجهت نحوه.. استجابت لندائه في استغراب.. عندما وصلت طاولة آدم بقيت واقفة.. استمر في التحديق فيها دون أن يتكلم، مشدوها من شدة التأثر.. سألته:

- هل ناديتِني؟

أومأ برأسه.. كان حلقه جافا ويداه نديتين.. حاول الكلام دون جدوى.. ألحت مَانِكي بنفاد صبر..

- ماذا تريدين؟
- أنا آدم! قالها مستعيدا صوته بأعجوبة..

تهالكت مَانِكي على أقرب مقعد.. أخذت على يديه ضاغطة عليهما بشدة..

- صرت امرأة! أذعنت لقدر حبنا، تنازلت عن كياني من أجلك! قررت الاتحاد معك، فناء كياني في كيانك!...

لم يعد بوسعه التوقف عن الكلام؛ فبقدر ما كان عييا منذ لحظات، أصبح خطابه متدفقا لا ينضب..

- أردت أن أموت لذاتي، أن أموت حبا من أجل الفناء فيك...

مَانِكي ما زالت مغمضة عينيها، متأثرة من قوة الصدمة.. لكنها كانت تتلذذ بوقع ذلك الكلام.. قرب مقعده من مقعدها.. جعل ذراعه من وراء خصرها الدافئ المنصاع.. فتحت عينيها في ابتسامة، نظرة وابتسامة امرأة وفية.. قالت بصوت خافت، متشبثة به:

154

- لا تدعني وحدي!

- مستحيل أن أدعك لأنني أنت، بعد أن كنا اثنين لم نعد إلا واحدا!

سحبته واقفة، وقالت:

- لنذهب الآن!

خرجا من المقهى واختلطا بحشود النساء.. بدأت حياتهما الجديدة، حياة من التوحد في اثنتين..